Die Idee zu diesem Buch hatte ich, weil mir immer mehr auffiel, dass fast jeder ein Smartphone in der Hand hat. Egal wo, das Ding ist immer parat.

Die Handlungen und Personen sind frei erfunden, viele der beschriebenen Apps gibt es und sind aus unserem Alltag nicht mehr wegzudenken.

Bedanken möchte ich mich zu allererst bei mir. Endlich habe ich mir selbst meinen größten Traum erfüllt, wurde auch Zeit.

Dann bei Regina Weiß für eine Vorabkorrektur.

Bei Dr. Harald Klein: du warst mir „Echt" eine Hilfe.

Bei meiner Freundin Christine Jungbluth: als du den ersten Teil gelesen hast und aus dem Lachen nicht mehr rauskamst wusste ich, ich bin auf dem richtigen Weg.

Und dann danke an meinen Schatz Thomas, für all deine Hilfe.

Cerstin Anja Remscheid
geborene Morawetz

Cerstin Anja Morawetz

AppGründe

Einblicke in ein smartes Leben

2.Auflage

Bibliografische Information der Deutschen
Nationalbibliothek:
*Die Deutsche Nationalbibliothek verzeichnet diese
Publikation in der Deutschen Nationalbibliografie;
detaillierte bibliografische Daten sind im Internet über
http://dnb.dnb.de abrufbar.*

Herstellung und Verlag:
BoD – Books on Demand, Norderstedt
ISBN: 978-3-7460-6757-5

1. Wie ich zum Smartphone kam,
oder der Wahnsinn hält Einzug!

Ich weiß noch genau, es war ein sonniger Tag.

Quatsch, keine Ahnung wie und wann es passierte. Ich weiß nur noch, dass Mark eines Tages total stinkig nach Hause kam.

„Wo warst du?" Mit dem Satz knallte er seine Schultasche in die Ecke.

„Hallo", war meine Antwort. „Du wolltest mich doch von der Schule abholen!", pflaumte Mark mich an.

Ich schaute schuldbewusst in den Kalender. „Stimmt, hab ich vergessen. Ich bin auch gerade erst nach Hause gekommen." Zum Beweis zog ich meine Straßenschuhe aus.

„Wo ist dein Handy?", kam die nächste wütende Frage. Ich zog die Schublade auf und zeigte es ihm. „Es ist kaputt, die Tasten klemmen", ich zuckte mit den Schultern.

„Dann kauf dir ein neues!", blaffte er weiter. „Warum?", fragte ich unbeeindruckt.

„Damit ich dich erreichen kann." Mit den Worten schulterte er seine Schultasche und verzog sich, die Türe knallend, in sein Zimmer. Im selben Moment ertönte ein Song der „Ärzte" in voller Lautstärke. Nachdem ich mir eine Tasse Kaffee gemacht hatte, setzte ich mich damit an den Küchentisch. Irgendetwas lief hier doch verkehrt. Sollte nicht ich diejenige sein, die sauer auf ihren Sohn ist, weil ich ihn nicht erreichen konnte und er deshalb zu spät nach Hause kam?

Es war nicht das erste Mal, dass Mark mich zurechtwies. Ich kam mir dann immer vor, als hätte ich meinen Vater vor mir. Doch leider hatte er meistens recht oder sogar immer?

Ich stand auf, stellte die leere Tasse in die Spülmaschine und ging zu Marks Zimmertür. Die Ärzte brüllten gerade: „Was haben deine Eltern der Menschheit angetan?"

Dieses Lied hatte ich schon in meiner Jugend gehört und mit gegrölt, wenn ich mies drauf war und mich jemand bis zur Weißglut geärgert hatte.

Ohne zu klopfen, trat ich ein. Mark schaute mich gleich böse an. Während ich die Musik leiser machte, sagte ich: „Du hättest mich ja eh nicht gehört, wenn ich angeklopft hätte."

Er gab nur ein Gemurmel von sich, was ich als Zustimmung empfand.

„Du hast ja recht", begann ich sofort und setzte mich dabei auf seine Bettkante. Er saß am Schreibtisch und machte seine Hausaufgaben

„Also gut, ich werde mir ein neues Handy kaufen, hilfst du mir dabei?"

Er sprang sofort begeistert hoch und wäre am liebsten gleich mit mir in die Stadt gefahren. Nach langem Hin und Her einigten wir uns auf Samstag.

Als ich am nächsten Tag nach Hause kam, wurde ich schon sehnsüchtig von Mark erwartet. „Ich habe genau das Richtige für uns gefunden."

„Ja, hallo erst einmal", imitierte ich langgezogen den Komiker Rüdiger Hoffmann.

Mark verdrehte die Augen. „Was heißt, du hast das Richtige für uns gefunden?", fragte ich nun mit normaler Stimme.

„Na einen Partnervertrag mit gleich zwei Smartphones, alles Flat und echt billig."

„Jetzt sind wir also nicht mehr Mutter und Sohn sondern Partner?", scherzte ich, doch Mark fand das gar nicht lustig. „Nee, wie witzig. Nein, das ist wirklich billiger als ständig die Karte aufzuladen und ich hätte Internet."

Wir beide hatten nur diese aufladbaren Karten und zwei stinknormale Handys, wie ich gerne betonte. Also solche, mit denen man telefonieren konnte und sonst nichts. Ich dachte immer, das würde reichen. Doch Mark lag mir schon lange in den Ohren wegen so einem Ding, mit dem man auch ins Internet konnte.

Alle in seiner Klasse hätten so eins.

„Du hättest Internet?", fragte ich flachsend.

„Wir hätten Internet! Beide Smartphones sind die gleichen und beide Karten haben die gleichen Tarife", antwortete er prompt.

Mir kam er vor wie der kleine Junge, der damals unbedingt ein Fahrrad haben wollte, eins ohne Stützräder, voll modern. Er bekam es auch zum Geburtstag und bei seiner ersten Fahrt bremste er mit Hilfe eines geparkten Autos. Zum Glück gehörte es einem jungen Mann aus unserer Straße und war eine eh schon zerbeulte rostige Karre.

Als wir ihm das Dilemma mitteilten, blieb der ganz cool und sagte nur: „Kein Problem Mann, so hab ich mein Fahrrad auch immer angehalten."

Mark war wieder so aufgeregt wie damals. Ich grinste bei der Erinnerung in mich hinein. „Und wo hast du sie gefunden?", fragte ich nach.

„Na im Internet, oder glaubst du auf dem Klo."

So langsam war seine Geduld am Ende.

„Okay zeig mal", besänftigte ich ihn.

Wir gingen ins Wohnzimmer, wo der Computer stand. Da er uns beiden gehörte, bestand ich darauf, dass er auch für uns beide zugänglich war.

Mark hatte das Fenster noch offen, also nicht das vom Wohnzimmer, sondern das im Computer, wo das Angebot zu sehen war.

Ich weiß noch genau wie er mir das erste Mal sagte, er hätte das Fenster extra für mich offen gelassen und ich wie eine Irre ins Wohnzimmer gerannt bin, da es gerade draußen wie aus Eimern schüttete.

Er hat sich darüber köstlich amüsiert, dass ich dachte, er meinte das Wohnzimmerfenster. Mittlerweile habe ich schon ein bisschen was über Computer und seine Benutzung gelernt und ich surfe auch gerne mal im Netz, und das ohne Surfboard.

Außerdem arbeite ich ja auf der Zulassungsstelle an einem Computer. Zwar haben wir da keinen Internetzugang, damit wir nicht auf dumme Gedanken kommen, doch alle An-, Ab-, und Ummeldungen werden am Computer bearbeitet.

Und dann über Intranet übertragen.

Jetzt schaute ich mir genau das Angebot für die Smartphones an. Soweit ich das beurteilen konnte war es in Ordnung.

Es gab zwei Karten mit eigener Telefonnummer (oder Smartphonenummer?), dazu zwei Smartphones; besser gesagt Big-Phons. Was daran smart war, wusste ich nicht. Ich empfand sie schon eher Big. Doch ich glaube, Big-Phone hört sich nicht so gut an.

Das liegt wohl daran, dass Big einem „Dick" suggeriert und man gleich an Diät denkt.

Und alles mit Flat, was hieß, dass sowohl alle Telefonate egal wohin, Benutzung des Internets und Verschicken von Nachrichten, also SMS, im Preis enthalten waren.
Bei all dem, was ich las, bekam ich das große Flattern.

Hörte sich so gar nicht schlecht an. Das Einzige was mich störte, waren die zwei Jahre, die man fest im Vertrag war. Das sagte ich auch Mark.

„Na und? Was sind schon zwei Jahre, da bin ich 17 und geh noch zur Schule, also zahlst du dann eh noch mein Smartphone."
Teenager-Logik, doch wo er recht hatte, hatte er recht.

„Na ja irgendwann komm ich um so ein Smartphone für ihn eh nicht mehr rum", dachte ich bei mir. War ja mittlerweile ein Muss und das konnte ich ihm nicht verwehren.
Wusste ich doch, was es heißt, nicht mit dem Strom zu schwimmen, sondern Kilometer hinterher.

Meine Schulzeit war echt eine Qual deswegen.
Klar hab ich es trotzdem geschafft, doch das wollte ich meinem Sohn ersparen.
Nicht, dass er alles von mir bekam, aber fast.
„Also gut", gab ich klein bei, „lass uns die Dinger bestellen!"

Gesagt getan, mit wenig Aufwand ging es durch die Bestellung und nachdem wir nicht nur meinen Namen und die Adresse eingegeben hatten, sondern auch meine Bankdaten, drückte Mark auf OK und ab ging die Bestellung, durch das Netz gleich zum Anbieter.

Hätte mir einer in der Jugend erzählt, dass man nicht mehr telefoniert, sondern chattet, oder dass es irgendwann Smartphones gibt, den hätte ich für total bekloppt gehalten.

Oder dass man über den Computer Dinge bestellen und bezahlen konnte, so dass man nur noch auf den Briefträger warten musste, verrückt.

Sogar der Autor von „Zurück in die Zukunft" wusste das damals noch nicht, denn keiner hatte ein Smartphone in der Hand. Dafür flog das Skateboard, doch das gibt es bis heute noch nicht, soviel ich weiß.

Obwohl es bei manchen, die mit einem Smartphone auf der Straße telefonieren, sicher besser wäre! Am sichersten wäre ein selbst Lenkendes, dann gäbe es weniger Unfälle, weil Leute vom Telefonieren abgelenkt sind und irgendwo gegen etwas laufen oder reinfallen.

Mark erzählte mir, dass man solche Leute in seiner Sprache *Smombies* nennen würde.

Nachdem wir die Bestellung abgeschickt hatten, hieß es nun warten.

Wir hatten Freitag und ich rechnete frühestens in einer Woche mit der Lieferung. In meinem E-Mail Postfach fanden wir sofort eine Bestätigung der Bestellung und Mark konnte es jetzt kaum noch abwarten.

2. Die Smartphones sind da,
oder das Telefon kommt mit der Post.

Als ich am nächsten Tag zum Markt fuhr, lag Mark noch im Bett. Er würde frühestens zur Mittagszeit aufstehen. Am Nachmittag hatte er zwar Fußballtraining, doch eigentlich reichte es, wenn er kurz vorher aus dem Bett kroch. Das war auf jeden Fall seine Meinung.

Ich sah das anders, und fing jedes Mal an, ihn zu wecken, bevor ich mit dem Kochen begann. Und er stand auf, wenn das Essen schon längst kalt war.

Sonntags wiederholte sich das Ganze, doch da kam er in der Regel erst zum Abendessen aus seinem Zimmer. Immer wieder schaute ich nach, ob er nicht irgendwo einen heimlichen Essensvorrat hatte. Doch ich fand nie etwas, außer jede Menge Staub und leere Teller, dreckiges Besteck und Flaschen. Obwohl wir irgendwann einmal die Abmachung getroffen hatten, dass in seinem Zimmer weder gegessen noch getrunken würde.

Doch nachdem er mich eines Sonntags bei einem Frühstück im Bett erwischte, hatte er mich in der Hand.

Er kam zwar mit wenig Essen aus, aber auf sein zuckerhaltiges Getränk verzichtete er nicht.

Na ja, gibt auch irgendwie Energie. Als ich vom Markt kam, war ich deshalb sehr erstaunt, als ich ihn am Esstisch sitzen sah.

Vor sich einen großen, sowie zwei kleinere Kartons und deren gesamter Inhalt auf dem Tisch verteilt.

„Ist das nicht geil, wie schnell die sind!" Mark hatte vor Aufregung gerötete Wangen.

„Die" waren scheinbar schneller als ich, denn ich verstand gar nichts, irgendwie stand ich auf dem Schlauch.

Als Mark die Fragezeichen in meinem Gesicht erblickte, sagte er sofort.

„Unsere Smartphones sind da."

Ach so! Na das war ja echt schnell. Ob die schon vorher wussten, dass wir die wollten und sie bereits verpackt dort standen?

Oder waren sie schon unterwegs, bevor wir bestellt hatten?

So was ist mir unheimlich. Wenn ich früher mal etwas bei Otto bestellt habe, war ich froh, es nach zwei Wochen endlich zu bekommen, das fand ich schon schnell.

Ich zog mich erst einmal aus und verstaute die Einkäufe im Kühlschrank und Schrank. Dann machte ich mir einen Kaffee und setzte mich an den Tisch.

Das mit dem Kaffee ist auch so eine Sache. Musste man früher eine Kaffeemaschine zuerst mit allem bestücken und sie dann zum Röcheln bringen, so macht man heute die Maschine nur an, vergewissert sich, dass noch Wasser im Tank ist, steckt eine Kapsel rein und drückt auf einen Knopf. Schon nach kurzer Zeit hat man die braune Brühe seiner Begierde in der Hand.

Was unsere Großeltern wohl dachten, als die ersten Kaffeemaschinen auf den Markt kamen?

Ich erinnere mich, dass meine Uroma immer noch Kaffee mit heißem Wasser und aufgesetztem Filter auf der Kanne aufbrühte. Dieser Trend kommt wohl zurück, wie ich von meiner Freundin Christine erfahren habe.

Ich stellte meine Tasse auf den Tisch und besah mir das, was da so rum lag.

Der ganze Tisch war voll, denn neben den Kartons lag auch eine Mehrfachsteckdose, in der zwei Smartphones eingesteckt waren.

„Pass bloß mit deinem Kaffee auf!" Wurde ich von Mark angepflaumt.

Sofort nahm ich die Tasse wieder in die Hand.

„Ich kenn dich doch, wenn du eine Tasse oder ein Glas da stehen hast, dann dauert es nicht lange und du verschüttest den ganzen Inhalt auf dem Tisch", sagte mein Sohn besserwisserisch.

Mist, wie gut er mich doch kannte. Genau deshalb hatte ich absolutes Trinkverbot am PC im Wohnzimmer. Noch nicht einmal eine Flasche durfte ich mit dahin nehmen. Ich könnte sie ja über die Tastatur kippen und dann ginge der ganze Rechner kaputt.

Einmal, als Mark beim Sport war, habe ich mich nicht an das Verbot gehalten und da wäre es fast passiert. Hätte ich die Tasse nicht rechtzeitig rumgerissen, so dass alles auf dem Boden landete, hätte ich sicher Hausarrest erhalten.

Ich trank meinen Kaffee in Ruhe aus und schaute dabei Mark zu, wie er das eine Smartphone immer wieder bearbeitete.

Was er da tat? Keine Ahnung, sah aber so aus als hätte er welche.

Zwar schaute er ab und zu in die Bedienungsanleitung, doch auch das sah professionell aus.

Nachdem ich meine leere Tasse ins Waschbecken gestellt hatte, nahm er auch das andere Smartphone, das noch an der Leitung hing, in die Hand. Es war rosa, nicht einfach nur rosa, nein knalle pink.

„Ist das deins?" Fragte ich Mark grinsend.

Mit zusammengekniffenen Augen sah er mich an.

„Na klar, sonst noch was? Das ist deins, ist doch klar. Das ist meins!", und damit hielt er ein dunkelblaues Smartphone hoch.

„Das ist nicht dein Ernst, das hier ist doch ein Smartphone für ein Ferkel, so pink wie das ist."

Mit den Worten hielt ich das Smartphone nur mit zwei Fingern hoch.

Zwar hatte ich in meiner Jugend den Film ‚Pretty in Pink' geliebt, doch mit der Farbe selber wurde ich nie ganz warm.

„Du hast zu mir gesagt, als ich dich nach einer Farbe fürs Smartphone fragte: ‚Mir doch egal, sollte aber nach Mädchen aussehen.'"

Bei den Worten grinste mich mein Sohn schelmisch an. Vielleicht hätte ich doch genauer bei der Farbwahl hinschauen sollen.

Dann hielt mein Sohn etwas hoch, was er aus einem der kleineren Kartons genommen hatte.

„Keine Sorge, das ist dein zweiter Deckel, ich kann die jederzeit wechseln."

Ich schaute hin und war erleichtert. Was er da als Deckel bezeichnet hatte und hochhielt, war metallic bordeauxrot.

Puh! Glück gehabt, ich musste nicht wie Schweinchen Pink rumlaufen. Ich hatte schon überlegt, eine Hülle zu häkeln.

„So, jetzt müssen wir bis heute Abend warten, bis die Akkus richtig aufgeladen sind."

Mit den Worten erhob sich mein Sohn vom Tisch und wollte in sein Zimmer gehen.

„Hey, und der Tisch? Soll das jetzt so bleiben?"

Brummelnd kam er zurück und fing an, das Meiste in den großen Karton zu schmeißen.

Die Mehrfachsteckdose mitsamt den beiden Smartphones platzierte er auf dem Sideboard.

„Geht doch!", dachte ich mir.

3. Moderne Eltern,
oder auf Kaffeefahrten gibt es alles.

Den restlichen Tag verbrachten wir wie gewohnt.
Während Mark später zum Training fuhr, machte ich mich auf den Weg zu meinen Eltern.

Beim Kaffeetrinken, ein paar Teilchen hatte ich aus der Bäckerei mitgebracht, erzählte ich ihnen von den Smartphones.

„Was? Du hattest noch keins?" Mein Vater war total entsetzt.

Er stand auf und ging in den Flur, um dort etwas vom Schränkchen zu holen.

Als er wieder kam, hielt er mir eins vor die Nase.

Aber nicht so ein Senioren Handy, wie ich es schon in diversen Zeitungen gesehen habe und überlegt hatte, mir so eins zu besorgen. Denn die Tasten sind extragroß und da ich langsam weitsichtig wurde, wäre das eine Alternative zur Brille.

Nein, ein Smartphone hielt er in der Hand.

„Seit wann hast du das denn?", ich war überrascht.

„Na Mutti und ich waren doch vor etwa einem halben Jahr auf dieser Fahrt in den Schwarzwald und da wurde das preiswert angeboten. Und wir bekamen genau erklärt was man damit alles machen kann", erklärte mein Vater, nicht ohne Stolz.

Wie jetzt? Jetzt wurden Senioren auf Kaffeefahrten schon Smartphones mit Vertrag angedreht?

Apropos Vertrag. „Hast du etwa einen Vertrag gemacht?", fragte ich entsetzt.

„Na klar, oder glaubst du, du bekommst die Dinger so geschenkt?", blaffte mich mein Vater an.

Er ging und kam mit dem Vertrag zurück.

Waren das auch Zwei-Jahres-Verträge?

Und wie viele von den Rentnern erlebten das Ende ihres Vertrages erst gar nicht?

Ob man als Erbe diesen dann auch übernehmen muss?

Nachdem ich ihn mir genau angeschaut hatte, war ich verdattert. Also mir kam es so vor, als wäre dieser Vertrag sogar besser als unserer.

Er dauerte tatsächlich zwei Jahre und da stand, dass er mit dem Tode erlischt.

Mist, ich sollte doch mal so eine Tour mitmachen, meine Eltern belabern mich ja andauernd.

Da könnte ich ja auch Männer kennen lernen, war ein Lieblingsargument.

Klar und bald wäre ich dann Witwe, mit lauter Heizdecken im Keller.

Ich verabschiedete mich nach kurzer Zeit, denn ich hatte keine Lust auf weitere Diskusionen. Außerdem deprimierte es mich, dass meine Eltern technisch besser drauf waren.

4. Irgendwie hat jeder eins,
   oder wie mir bewusst wurde,
   dass ich hinten anstand.

Ich hatte keine Lust nach Hause zu fahren und rief von einer Telefonzelle aus meine beste Freundin Tanja an. Gott sei Dank hatte sie Lust und Zeit.

Das mit den Telefonzellen ist ja auch so eine Sache. Mittlerweile sind es ja gar keine Zellen mehr! Da stehen die Telefone einfach an der Straße, wenn man das Glück hat, überhaupt eins zu finden.

Als damals das Telefonieren mit der Karte eingeführt wurde, war man froh, wenn man noch ein Münztelefon fand. Nicht jeder hatte so eine Telefonkarte in der Tasche.

Heute in der Zeit der Handys und Smartphones wurden die öffentlichen Telefone immer seltener.

Tanja und ich hatten uns in einem Café in der Altstadt verabredet und da ich vor ihr da war, setzte ich mich an einen Tisch am Fenster.

Als Tanja kam, begrüßten wir uns wie immer herzlich mit einer Umarmung.

Noch bevor wir uns setzten, holte sie ihr Smartphone aus der Tasche und legte es auf den Tisch.

Immer wieder schaute sie darauf, irgendwann konnte ich nicht anders und fragte:

„Was ist denn so interessant an dem Ding, dass du andauernd drauf starrst?"

„Ich warte auf eine Nachricht von Udo."

„Wer ist Udo?", wollte ich wissen.

„Den habe ich in einer Singlegruppe im Internet kennen gelernt", dabei warf sie wieder einen Blick auf ihr Smartphone, „und jetzt schreiben wir uns über WhatsApp."

Ich stand da wie der Ochs vorm Berg.

WhatsApp? Was ist das denn?

Doch um nicht noch dümmer dazu stehen als ich war, antwortete ich nur: „Aha."

Worauf mir Tanja ihr Smartphone mit den Worten unter die Nase hielt: „Ist der nicht toll?"

Das war nicht von der Hand zu weisen.

Schickes Kerlchen. Sah aber so jung aus, dass ich auch gleich nachhakte: „Wie alt ist er denn?"

„Na, einunddreißig. Warum?" Mit spitzen Lippen schaute sie mich an.

Was sollte ich antworten? Tanja ist drei Jahre älter als ich, also fünfundvierzig.

„Wäre ich ein Mann, würde keiner was sagen." Mit dieser spitzen Bemerkung hatte sie natürlich recht.

Außerdem sah sie mit ihrer frechen schwarzen Kurzhaarfrisur wesentlich jünger aus.

Sie hatte zudem eine drahtige, schlanke Figur und kein Fältchen oder graues Haar. Ok, die Haare färbte sie sich. Und anders wie ich kleiner Pummel war sie auch über 1,70 cm.

„Du, ich gönn dir das." Ich lenkte ein und umging so jede weitere Diskussion.

Zum Glück erklang ein Stöhnen aus Tanjas Smartphone.

„Da! Er hat geschrieben!" Aufgeregt schaute sie nach und las, was angekommen war.

Ich sah aus dem Fenster und beobachtete die Menschen. Fast alle hatten ein Smartphone am Ohr oder in der Hand.

Ich erinnerte mich an ein Buch von Stephan King ‚Puls'.
Dort kommt mit dem Klingeln des Smartphones der Wahnsinn und Tod.

Also dass Menschen durch ihr Smartphone infiziert werden, das stellte ich mir gerade vor.

Jeder, der jetzt gerade ein Smartphone in der Hand hat, wird zum Zombie. Die junge Frau mit dem Hund an der Leine, der junge Kerl mit der Hose, die ihm vom Arsch zu rutschen scheint, der Mann mit dem Anzug, der aussieht, als sei er ein Banker, und sogar die Oma mit dem Rollator, die anscheinend gerade ihren Pflegedienst anruft, dass es später wird.

Alle lassen alles, was sie in der Hand haben fallen, strecken ihre Arme nach vorne, bekommen einen glasigen Blick und fangen laut an zu stöhnen, ahhhhhhhhhhrrrrrrggggggggg.

Apropos Stöhnen, das hatte ich schon länger nicht mehr gehört, ich schaute schuldbewusst zu Tanja.

„Na du Tagträumerin, zurück in unseren Gefilden?", fragte sie spöttisch.

Da wir uns schon so lange kennen weiß sie, dass ich gerne in den Tag hineinträume, und sie kennt vor allem meine Fantasie.

„Und du? Fertig mit flirten?", konterte ich.

„Ja, wir haben uns für heute Abend zum Kino verabredet", antwortete Tanja mit einem Grinsen im Gesicht.

Tja, verliebt müsste man sein!

Kurz darauf bezahlten wir und verabschiedeten uns voneinander ohne jeden Groll. Dieses Herumflachsen kennen wir schon zu gut, gehört irgendwie zu unserer Freundschaft dazu.

5. Jeder Anfang ist schwer,
oder unnützes Wissen.

Wieder zu Hause, sah ich sofort, dass Mark vom Sport zurück war. Nicht allein, dass seine Sporttasche im Flur lag, nein auch sein Sportdress war auf dem Weg zum Badezimmer verstreut. Zumindest hatte er schon mal geduscht.

Was sich mir auch sofort bestätigte, denn er saß nur mit Handtuch um die Hüften am Küchentisch, seine kurzen blonden, lockigen Haare noch nass und total verstrubbelt.

Er erinnerte mich immer an meinen Ex-Mann, der hatte genau die gleiche Lockenpracht und diese blauen Augen, in denen ich versinken konnte.

Ich konnte einfach nicht anders, ich wuschelte ihm durch die nassen Haare.

„He, lass das", maulte er sofort.

Und was hatte er in der Hand? Na klar: ein Smartphone, aber nicht seins, nein meins. Das sah ich an der pinken Hülle. Seins lag aber gleich vor ihm auf dem Tisch.

„Ich richte uns die gleich mit allem Wichtigen ein", kam auch prompt seine Erklärung.

„Und was ist so wichtig?", erkundigte ich mich.

„Neben dem Telefonbuch, was ich von unseren alten gleich rüber gezogen habe, braucht man WhatsApp, einen Kalender und ein Bildbearbeitungs-programm. Schau mich mal an."

Ich schaute zu ihm herüber. Ein grelles Licht blitzte auf und ein Schnappen erklang.

„Hier ist das als Profilbild OK?" Mit den Worten hielt mein Sohn mir das Smartphone hin, und was ich da sah, war alles andere als schmeichelhaft.

Ich sah aus, als hätte ich gerade den Film mit den Zombies wieder vor Augen.

Total erschrocken blickte ich mein Gegenüber an.

Da ich wohl immer noch so blöd aus der Wäsche schaute, lachte Mark sich fast weg.

„Kein Problem, ich lösch das und mach ein neues", prustete er.

Diesmal bestand ich darauf, erst einmal ins Badezimmer gehen zu dürfen. Nachdem ich mich ein bisschen restauriert hatte, stellte ich mich vor eine weiße Wand. Erst nach dem vierten Versuch war ich halbwegs zufrieden. Mehr mutete ich Mark nicht zu, denn langsam merkte ich, dass er mit seiner Geduld am Ende war.

„Und soll ich jetzt eins von dir machen?", bot ich ihm an.

„DU? Und hier?" Entsetzter hätte er gar nicht fragen können.

„Nee lass mal! Das macht morgen Günther in der Schule."

Günther heißt nicht nur mein innerer Schweinehund, nein auch Marks bester Freund trägt diesen Namen. Als er mir das erste Mal von ihm erzählte, dachte ich, er wäre so in meinem Alter. Mark kam gerade aus dem Kindergarten. Er hatte an diesem Tag das erste Mal dort ohne mich zugebracht.

Doch es stellte sich schnell heraus, dass Günther im gleichen Alter wie Mark war und seitdem sind die beiden unzertrennlich. Günther hat, glaube ich, eine Schublade in Marks Kleiderschrank und umgekehrt, da sie eigentlich immer zusammenhängen Tag und Nacht.

Ich glaube, wenn wir Eltern nicht ab und zu ein Machtwort sprächen, wären die beiden wirklich unzertrennlich.

Wobei, wann hatte ich Günther eigentlich zum letzten Mal gesehen? Das war ja schon Tage her, fiel mir gerade auf.

Sofort fragte ich nach.

„Du hörst mir echt nicht zu. Ich habe dir doch erzählt, dass Günthers Mutter sich den Fuß gebrochen hat und im Moment so gut wie nicht allein zurechtkommt. Darum muss er ihr viel helfen. Und da sie nur am Jammern ist und ich das echt nicht aushalte, bleibe ich da weg, bis es ihr wieder besser geht. Günther hat dafür volles Verständnis. Er würde am liebsten so lange zu uns ziehen. Geht leider nicht, wie ich schon sagte. Nun, wir sehen uns ja in der Schule. Das reicht!", stellte Mark schulterzuckend fest.

Mit einer solch ausführlichen Erklärung hatte ich nun nicht gerechnet. Doch hatte er mir das echt erzählt? Musste ich wohl verdrängt haben!

Und schon war Mark wieder mit den Smartphones zugange. Da mich das nicht interessierte, ging ich ins Wohnzimmer und schaltete den Fernseher an. Es war ja Samstag, da durfte ich DSDS nicht verpassen. Mal sehen, wer sich da heute so zum Affen machte.

Zwar finde ich Dieter Bohlens Kommentare manchmal schon hart, aber wer es so haben will, bitte!

Irgendwann war ich wohl eingeschlafen. Als ich aufwachte, war der Fernseher aus und ich zugedeckt. Mein Sohn kann schon ein Schatz sein.

Ich stand auf und ging in die Küche, um mir einen heißen Kakao zu machen, und das Chaos, das ich hier vorfand, bestätigte mir, dass mein Sohn ein doch ganz normaler Teenager war.

Während die Milch auf dem Herd heiß wurde, räumte ich alles ein bisschen zusammen. Ich stellte das, was ich konnte, in die Spülmaschine. Mist! Die Milch auf dem Herd kochte über! Schnell zog ich den Topf von der Platte.

Wie oft hatte ich Mark schon gesagt, er solle die Milch nie unkontrolliert auf dem Herd lassen. Sie hatte nun mal die Angewohnheit, schnell über den Topfrand hinauszuwollen.

Ich wischte rasch das Übergelaufene auf, trank dann meinen Kakao und ging mit dem Gedanken ins Bett, uns vielleicht doch mal eine Mikrowelle zu kaufen.

Ein wirklicher Fan war ich nicht davon.

Liegt wohl daran, dass meine Mutter immer alles in dem Ding machte und ich Angst bekam, total verstrahlt zu werden. Aber wie mit dem Smartphone, lag Mark auch hier mir in den Ohren.

„Warum nicht? Dann könnte ich mir mal schnell was zu essen warm machen und müsste nicht immer die ganze Küche einsauen."

Das war sein bevorzugtes Argument für eine Mikrowelle.

Vielleicht sollte ich meine Eltern mal fragen, ob sie nicht ein solches Gerät von einer ihrer Fahrten mitgebracht hatten.

Mit dem Gedanken schlief ich ein.

In der Nacht hatte ich einen gruseligen Traum. Der wäre vielleicht eine Buchidee für Stephan King.

In meinen Traum kämpften die Mikrowellen mit den Smartphones. Nicht, dass sie zu Monstern wurden, nein, sie haben sich gegenseitig über den Stromkreis platt gemacht und dabei viele Häuser in Schutt und Asche gelegt. Echt gruselig!

Als ich morgens aufwachte, nahm ich mir vor, ab jetzt nur noch Rosamunde-Pilcher-Romane zu lesen, soviel Horror schadete wohl nur.

Wie verkatert wachte ich auf. Da Sonntag war, zog ich mir nur was Bequemes an und stellte mich auf einen gemütlichen Tag ein. Die Kids nennen das wohl *Chillen*.

Mit Marc rechnete ich erst gegen Abend und so war es dann auch. Er stand zwar zwischendurch mal auf, um sich was zu essen zu holen, doch verschwand er damit wieder in seinen Gefilden.

Gegen Abend kam er dann angezogen aus seinem Zimmer und verabschiedete sich mit den Worten: "Bin dann mal weg."

Irgendwie erinnerte er mich ganz stark an meine Jugendzeit!

Am Abend schaltete ich den Tatort an. Ja echt jetzt! So weit ist es gekommen, früher Stephan King und heute Tatort.

Ich hatte da so ein paar Lieblinge, je nachdem, wo die Handlung gerade spielte.

Auch diesmal schlief ich auf der Couch ein. Das war so ein Ding von mir. Als ich aufwachte, verlegte ich für den Rest der Nacht meinen Schlafplatz in mein Bett.

6. Ein ganz normaler Arbeitstag,
oder normal ist anders.

Am Montagmorgen stand ich gut erholt auf und machte mich langsam für den Tag fertig.

Für meine Arbeit bei der Zulassungsstelle zog ich mich chic legere an, eine Kombi die ich sehr genoss und in der ich mich auch wohl fühlte.

Kaum auf der Arbeit angekommen, bestellte mich mein Chef in sein Büro.

Ohne Begrüßung fiel er gleich mit der Tür ins Haus: „Der Müller ist krank, sie müssen in den Keller seine Arbeit übernehmen."

Mit den Worten war alles gesagt und ich wieder draußen.

Mist, für die Arbeit hätte ich mir besser einen Blaumann angezogen. Denn Müller hatte nicht nur die Aufgabe, die Plaketten von den Nummernschildern abzukratzen oder aufzukleben, auch wenn jemand Schwierigkeiten dabei hatte, sein Nummernschild zu montieren, musste er helfen. Und jetzt hatte ich das große Los gezogen! Missmutig ging ich in den Keller.

Nachdem ich meinen Tag mit Kratzen, Kleben und An- oder Abmontieren von Nummernschildern (was immer wieder mit guten Ratschlägen von irgendwelchen Typen, die gerade vorbei kamen, begleitet wurde) zugebracht hatte, kam ich total geschafft nach Hause.

Das Schlimmste an dem Tag war ein großspuriger Typ, der mir beibringen wollte, auf welche Art und Weise ich ein Nummernschild abzuschrauben hätte. Es sei noch original das erste und würde seit dem Tag der ersten Zulassung an seinem 30 Jahre alten Golf hängen.

Man hat bisher die neue TÜV-Plakette immer in der Werkstatt an das Auto gemacht. Jetzt war der Wagen an die Enkelin gegangen und zur Ummeldung musste das Nummernschild ab. Er meinte, ich sollte mir doch etwas Wichse holen, um das geschmeidiger zu machen.

Als ich ihn deshalb total zusammenschiss und ihm empfahl, sich doch bessere Anmachsprüche auszudenken, marschierte er total sauer mit der Bemerkung von dannen, ich solle doch das Wort *Wichse* mal googeln.

Was sollte ich *gurgeln*?

Ich habe das Schild dann doch abbekommen. Auch ohne Wichse! Doch der Tag war für mich gelaufen.

Mein Sohn merkte sofort, dass irgendetwas mit mir nicht stimmte.

„Na, du hast ja eine Laune!", meinte er nur, als ich zur Begrüßung etwas vor mich hin brummelte, „welche Laus ist dir denn über die Leber gelaufen?"

Ich erzählte ihm von meinem Tag und als die Geschichte mit dem Ratschlag kam, ich solle Wichse nehmen, lag Mark vor Lachen unterm Tisch. Und als ich dann noch von gurgeln redete, war es ganz aus.

„Mama, der meinte sicher googeln", sagte Mark vorwurfsvoll.

„Was ist denn das?"

„Ich sehe schon, ich hätte dir am Computer mehr beibringen sollen, als dein Sparkassengedöns dort zu erledigen. Aber du hast doch auch schon mal was dort gesucht", fiel ihm da ein.

„Ich such doch ständig was. Du kennst mich doch", antwortete ich grinsend.

Mark verdrehte die Augen.

„Schon gut, ich weiß ja was du meinst. Und das ist googeln?"

Mark schüttelte nur den Kopf und ging in sein Zimmer.

7. Die ersten Berührungen mit Apps,
oder braucht das ein Mensch?

Mark kam mit meinem Smartphone in der Hand aus seinem Zimmer.

„So das ist aufgeladen und die wichtigsten Apps habe ich dir schon runtergeladen."

Mit den Worten gab er mir mein Smartphone in die Hand.

„Wichtigsten was?", fragte ich sofort. „Na Apps. Das sind Anwendungssoftwares, die uns das Leben erleichtern."

Er ging zur Kaffeemaschine und machte uns beiden einen Kaffee.

Ich setzte mich mit dem Smartphone in der Hand an den Esstisch.

„Ach so, wie Mütter das Leben ihrer Kinder erleichtern?" Ich grinste ihn an.

Mark verdrehte nur die Augen, ich wartete darauf, dass sie ihm mal aus dem Gesicht fallen würden, so oft wie er das tat.

„Was? Etwa nicht?", fragte ich provokativ.

„Wir machen euch Essen, bringen euch zur Schule oder wohin ihr sonst noch wollt, putzen für euch, geben euch Taschengeld …"

„Ist ja schon gut, hab verstanden."

Mit den Worten knallte er mir meinen Kaffee auf den Tisch und ging nicht weiter auf das Thema ein.

Er nahm mein Smartphone zur Hand und startete es mit einem Knopfdruck an der Seite. Mittlerweile hatte es auch die Farbe von Pink in Rot gewechselt, stellte ich erleichtert fest.

Auf dem Display erschien ein Muster aus Punkten.

„Hier ist dein Schutz, damit nicht jeder auf dein Smartphone zugreifen kann. Ich habe dir ein leichtes Muster eingespielt, das kannst auch du dir merken."

Mark grinste bei den Worten, ich knuffte ihn in die Seite und sein Grinsen wurde breiter.

„Wenn das so einfach ist, glaubst du nicht, dass es auch andere können?", fragte ich daraufhin.

Mark zog nur die Schultern hoch.

Zu sehen war ein Muster aus drei mal drei Kreisen.

Mark fuhr mit den Fingern über die drei Kreise von links nach rechts Diagonal und von dort, ohne abzusetzen über die drei von unten rechts nach links.

OK, müsste ich mir merken können.

Sobald das geschehen war, zeigte sich mir ein buntes Display mit vielen Symbolen.

Um nicht ganz dumm da zustehen, hatte ich mir das heute schon mal von einem Kollegen zeigen lassen, der mir erklärte, dass es sich um Icons handelte. Wenn man darauf drückt, öffnet sich die Anwendung, also das Programm.

„Also das Wichtigste an deinen Anwendungen sind …", begann Mark. Was danach kam, lief verschwommen im Hintergrund, ich dachte an den netten Kollegen der mir anhand seines Smartphones schon einiges erklärt hatte.

Mann, war der schnuckelig!

Nicht sein Smartphone, sondern der Kollege.

Leider zu jung für mich. Obwohl, wie alt er genau war, wusste ich gar nicht. Vielleicht sollte ich mal nachfragen?

Wenn meine Freundin das konnte, mit einem Jüngeren anzubandeln, warum nicht auch ich?

Ich sah uns gerade Hand in Hand durch den Park neben unserer Dienststelle laufen, da verspürte ich einen heftigen Schmerz in der Seite.

„Pass doch mal auf, was ich dir sage!" Mit einem Seitenhieb und diesen Worten holte mein Sohn mich in die Wirklichkeit zurück

Er sah mich verschmitzt an.

„Sieh jetzt ganz genau hin!" Mit diesen Worten betonte er die Wichtigkeit seiner Worte: „Also, die wichtigste Taste ist die hier unten rechts, siehst du die?"

„Du meinst diesen Pfeil, der einen Bogen macht?", fragte ich zurück.

„Genau der! Der ist der Wichtigste! Denn wenn du irgendein Programm öffnest, das du nicht haben willst, oder das dir spanisch vorkommt, dann kannst du mit dem Pfeil zurückgehen und bist dann wieder am Ausgangspunkt."

„Ach ja: Spanisch wollte ich auch immer schon mal lernen", sinnierte ich.

Der nächste freundschaftliche Knuff meines Sohnes folgte sofort.

„Ich weiß, der ist der Wichtigste auf dem Smartphone, " ich zeigte auf den Pfeil.

„Ja, genau! Und dann sind da noch ein paar Apps, die ich dir ans Herz legen möchte. Zuerst die mit dem Telefonzeichen: das ist WhatsApp. Mit der kann man kostenfrei mit seinen Freunden kommunizieren."

Mark deutete auf eine grüne Sprechblase mit Hörer drinnen.

„Das kenn ich, das hat Tanja auch", rief ich freudestrahlend.

Mark überging meine Bemerkung.

„Dann die Kamera." Er zeigte auf ein Symbol, das wie ein Fotoapparat aussah. Da tippte er drauf und ich sah auf einmal einen Teil meiner Küche im Display.

„Das habe ich ja am Samstag schon benutzt. Damit kannst du ein Foto machen." Als Mark das Symbol berührte, ertönte ein Knips-Geräusch und ein Lichtstrahl erhellte die Küche.

„Die hat sogar einen eingebauten Blitz, toll oder?" Mark war voll aus dem Häuschen, ich fand das vorgestern schon toll.

„Am besten lassen wir den Blitz auf Automatik stehen, das ist am sichersten! Dann entscheidet die Kamera, ob es zu dunkel ist oder nicht." Mark deutete auf den Schriftzug >Auto<.

„Danke ich bin immer froh, wenn mir so eine Entscheidung abgenommen wird."

Zwar hörte sich das zynisch an, doch es war ganz ernst gemeint.

„Und wenn du darauf drückst, kannst du filmen…"

Er deutete auf ein anderes Symbol

„…und hiermit kannst du …"

Meine Gedanken drifteten wieder ab. Was sollte ich nur kochen?

Mein Magen knurrte schon, oder was bestellen?

Oder doch lieber essen gehen?

„… und dann habe ich dir auch noch ein paar Spiele draufgemacht. Hier ist Mahjong oder Solitär." Jetzt war ich wieder bei der Sache.

„Echt? Zeig mal!"

Was habe ich es gehasst, dass man bei unseren Computern auf der Arbeit die Spiele gelöscht hatte, und das nur, weil einige Mitarbeiter es damit übertrieben haben.

Aber es hat mich so gereizt, den Punktestand zu erhöhen. Hier zu Hause machte es mir keinen Spaß am Computer zu spielen. Ich habe es mal versucht, doch ich hatte so viel anderes zu erledigen, da konnte ich mich nicht konzentrieren. Aber dass ich jetzt jederzeit an jedem Ort spielen kann, das fand ich klasse!

„Ich wusste, dass ich dich damit kriege." Mark grinste mich frech an. In dem Moment klingelte es.

„Das wird die Pizza sein, gib mal Geld!", mit den Worten stand Mark auf und hielt die Hand auf.

Da ich nur Bahnhof verstand und total verdattert war, gab ich ihm meine Brieftasche.

Er ging zur Tür und kam kurz darauf mit zwei Pizzakartons und einer großen Plastikschüssel obendrauf zurück.

„Die habe ich eben per Smartphone bestellt, als ich dir die Liefer-App erklärt habe. Du warst mit deinen Gedanken so weit weg, dass du gar nichts mehr mitbekommen hast. Ich habe wie immer eine Pizza Hawaii und eine mit Salami bestellt, dazu einen gemischten Salat. Da dein Magen so laut geknurrt hat, habe ich das als Zustimmung genommen."

Frech grinste er mich bei den Worten an.

Er verteilte die zwei Pizzakartons und die Salatschale auf dem Tisch.

Ich hatte in der Zwischenzeit schon Teller und Besteck geholt.

Wie immer teilten wir uns alles und während des Essens erzählte Mark von seinem Schultag.

Nachdem wir alles weggeräumt hatten und bereit waren, eine Pause einzulegen, zog mein Sohn einen Zettel aus seiner Hosentasche, faltete ihn auf und reichte ihn mir mit den Worten: „Da ich mir schon dachte, dass dir das zu viel wird, habe ich dir das Wichtigste aufgeschrieben." Und wieder war ein breites Grinsen auf seinem Gesicht zu sehen.

Erschreckend, wie gut mein Sohn mich kannte und wie fürsorglich er war.

Wäre er nicht mein Sohn und dazu noch so jung, könnte ich ihn mir gut als Lebenspartner vorstellen. Die Frau, die ihn mal bekam, konnte sich echt glücklich schätzen. Ich war eine stolze Mutter.

Den restlichen Abend verbrachte ich wie gewohnt mit etwas Hausarbeit und Fernsehen.

8. Ab in die Pause,
oder wie man seine Freizeit nutzt.

Am nächsten Tag ging ich wie immer zur Arbeit, diesmal auf alles vorbereitet. Ich hatte für alle Fälle ältere Kleidung eingepackt, sollte ich wieder die Arbeit im Keller übernehmen müssen.

Doch ich hatte Glück. Kollege Müller war wieder gesund. Ich setzte mich erleichtert nach dieser Nachricht an meinem Schreibtisch. Meine Arbeit bestand darin, die Neuzulassungen, die am Schalter angenommen worden waren, zu bearbeiten. Ein wirklich einfacher Job, alles Routine. Leider hatte man uns gleich das Internet gesperrt, sonst hätte ich zwischendurch mal googeln üben können.

Zur Mittagszeit traf ich mich, wie des Öfteren, mit meinem Kollegen Martin in der Kantine. Das ist der Schnuckelige, den ich schon erwähnte.

Nachdem wir uns unser Essen geholt hatten, setzten wir uns an einen freien Tisch.

„Hier mein neues Smartphone." Sofort streckte ich es ihm hin.

„Oh echt? Nicht schlecht! Das ist tatsächlich das neuere Modell", kam die prompte Antwort.

„Lass mal sehen!" Er nahm es in die Hand und drückte unten in der Mitte den Knopf.

Als sich die neun Punkte zeigten hielt er es mir hin.

Sofort strich ich die Kombination, damit es sich öffnete. Insgeheim war ich stolz, dass ich das behalten hatte.

Martin schaute sich alles an, öffnete dann mein Adressbuch und tippte was rein.

„So! Da hast du auch meine Nummer jetzt drin. Wie ich gesehen habe, hast du auch WhatsApp. Da können wir uns schreiben", erklärte er.

„Wenn ich ehrlich bin, kenn ich mich damit noch nicht aus."

„Kein Problem, zeig ich dir gleich."

Nachdem wir unser Essen beendet hatten, brachte er unsere Tabletts weg und stellte seinen Stuhl neben meinen. Ich entsperrte mein Smartphone und gab es ihm, er öffnete sofort WhatsApp.

„Wow schönes Profilbild", sagte er anerkennend, als er mein Foto sah.

„Ach halt so ein Schnappschuss", erwiderte ich, nicht ganz ohne Stolz.

Auf dem Bild umrahmten meine schulterlangen, wallnussbraunen Haare locker mein Gesicht.

„Ok. Also bearbeiten wir erst einmal dein Profil", begann Martin sofort.

Entsetzt sah ich ihn an. Was will er bearbeiten, mein Profil?

Ich sah an mir runter. Also so schlecht fand ich es jetzt nicht gerade.

Martin bemerkte sofort was mit mir los war und lachte.

„Nee, das mein ich nicht, sondern dein Profil bei WhatsApp."

Da war ich aber erleichtert.

„Also, so kommst du auf dein Profil." Martin tippte oben rechts auf die drei untereinanderliegenden Punkte, da erschien ein neues Fenster im anderen.

„Gut dann gehst du auf Einstellungen", er tippte darauf und wieder öffnete sich ein neues Fenster.

Zum Glück muss man die nicht alle putzen, dachte ich mir.

Wieso nannte man die überhaupt Fenster?

Könnte man die nicht…

Als ich bemerkte, dass meine Gedanken abdrifteten, rief ich mich zur Ordnung und kam ins Hier und Jetzt zurück.

„So, jetzt sollten wir einen anderen Spruch eingeben, der dann da drunter steht", dabei tippte er auf meinen Namen.

Als sich dann das Fenster öffnete, tippte Martin ganz unten auf einen Text. Da alles so schnell ging, konnte ich ihn gar nicht lesen.

„Also was soll da rein?", fragte Martin.

Mir fiel spontan der Spruch von James Dean ein: *Träum, als ob du ewig lebst! Lebe jeden Tag, als ob es dein letzter wäre!*

Den nannte ich ihm und er tippte ihn gleich ein.

„Gut, dann geben wir dir noch den Benachrichtigungston ein."

Er tippte auf Benachrichtigungen.

„Welchen hättest du gerne?"

„Bloß kein Stöhnen", kam es prompt von mir.

Martin sah mich erstaunt an. Ich erklärte ihm die Sache, die mir am Samstag mit Tanja passiert war. Dass ihr Smartphone bei jeder Benachrichtigung gestöhnt hatte, aber nicht angestrengt, nein obszön.

Martin lachte: „Keine Sorge wir nehmen für dich was anderes."

Er tippte drauf los und jedes Mal erklang ein anderer Ton. Die Anderen in der Kantine schauten schon böse.

Ich fand alles nicht so toll, darum entschied ich mich für das Pfeifen.

„Ist doch Klasse, wenn Jemand hinter einem her pfeift."

„Gut dann weiter!" Martin tippte mehrmals unten auf den geschwungenen Pfeil, bis wir wieder am Ausgangspunkt von WhatsApp waren. „Also hier oben siehst du die drei Wörter: Anrufe, Chats, Kontakte.
Wichtig hierbei ist Chats, aber zuerst schauen wir mal bei Kontakte."
Gesagt, getan, er tippte darauf und was soll ich sagen?
Es standen echt Einige darin. Martin erklärte, dass alle Kontakte in meinem Telefonbuch die WhatsApp haben, hier angezeigt werden.
Da Mark ja mein gesamtes Adressbuch übertragen hatte und viele anscheinend WhatsApp hatten, befanden sich einige hier.
„Gut gehen wir mal auf meinen Namen."
Gesagt getan. „Und jetzt kannst du mir was schreiben."
Er gab mir das Smartphone.
Ganz unten in einem Feld blinkte ein Cursor. Ich schaute verdutzt,. Wie sollte ich denn schreiben, ich hatte ja gar keine Tastatur.
„Tipp einfach mal ins Feld", sagte Martin.
Das tat ich und oh, es erschien eine Tastatur. Ich tippte einfach mal >Hallo<.
„Wenn du willst kannst du noch ein Icon dazu geben." Martin zeigte auf ein lachendes Gesicht.
Ich tippte darauf und sah jede Menge Smiley Gesichter mit verschiedenen Emotionen, und tippte auf ein lachendes.
„Gut dann auf den Pfeil!" Martin zeigte auf den grünen Pfeil rechts neben dem Feld. Ich tippte ihn an und kurz darauf kam ein Plonk von Martins.
„Und schon ist die Nachricht da." Er zeigte mir sein Smartphone und da stand das Hallo mit Smiley von mir.

Jetzt tippte er etwas und schon ertönte ein Pfeifen aus meinem Smartphone.

Als ich drauf schaute, stand da: >Wir müssen weiter arbeiten, Pause zu Ende< und ein Smiley mit Zunge raus.

Ich lachte und nickte. Wir packten unsere Smartphones ein, nachdem wir die Bildschirme ausgemacht hatten, und gingen zurück zur Arbeit. An meinem Platz angekommen, stellte ich erst einmal mein Smartphone auf lautlos. Das war das Erste, was ich mir von Mark hatte erklären lassen und auch gemerkt hatte.

Die Kantinenfreundschaft mit Martin baute ich weiter aus und wir trafen uns auch mal in der Freizeit. Zuerst in Cafés, dann gingen wir zusammen ins Kino, und irgendwann lud er mich zu sich nach Hause ein.

Als ich vor seinem Haus stand, war ich schon etwas überrascht.

Ich hätte nie damit gerechnet, dass er in einem spießigen Reihenhaus mit gepflegtem Vorgarten lebte.

„Oh wie schön, dass du hergefunden hast!", begrüßte er mich sofort, als er die Tür öffnete.

Irgendwie hatte er eine andere Stimme, oder war es nur die Stimmlage?

„Darf ich dir meinen Freund Bernd vorstellen?", fiel er auch schon mit der Tür ins Haus und schob mir seine bessere Hälfte hin.

Beim Essen wurde ich dann aufgeklärt. Die beiden waren schon seit langem ein Paar, und weil Martin schon früher wegen seiner Neigung gehänselt wurde, wollte er es Niemandem auf der Arbeit erzählen.

Ich war da die absolute Ausnahme, denn ich war jetzt nicht mehr nur eine Arbeitskollegin, sondern eine Freundin.

Wow, es machte mich stolz, eine so gute Freundin zu sein!

Gut nur, dass Martin nichts von meinen Gedanken über uns mitbekommen hatte.

Sein Freund war mir auch sofort sympathisch. Von nun an trafen wir uns öfter zu dritt.

Was ich mir da mit diesem WhatsApp eingefangen hatte, das bemerkte ich ganz schnell.

Kaum hatten Freunde spitz bekommen, dass ich diese Anwendung nun auch hatte, erhielt ich ständig Nachrichten. Mein Smartphone pfiff pausenlos! Wären es nur Nachrichten gewesen, dann wäre es ja halb so schlimm, doch es kamen auch andauernd Bilder und noch schlimmer: Videos in rauen Mengen!

Wie viel Zeit ich damit zubrachte mir diese anzusehen!

Einige waren ja ganz lustig und ich schickte sie sogar weiter, doch es gab auch welche, die nur Müll waren.

Als erstes war es Tanja, die mich ständig anschrieb. Meistens kam nur ein Hallo.

>Auch hallo< schrieb ich zurück.

>Was machst du? <

>Ich schreibe mit dir. <

>Ha, ha, bist du noch auf der Arbeit? <

>Nee, bin jetzt zu Hause. Kannst mich also anrufen. <

>Geht nicht, steh an der Supermarktkasse. <

Das war typisch für Tanja, egal, wo sie stand oder ging oder saß, immer war sie am Tippen.

>Wollen wir uns irgendwo treffen? <, fragte ich spontan.

>Gerne, im Kamino? <

>Gut bis gleich <

9. Mein erstes Selfie,
oder wie ich dumm aus der Wäsche schaue.

Ich machte mich fertig, legte für Mark eine kurze Notiz hin und fuhr in die Stadt.

Schon als ich um die Ecke kam, sah ich Tanja draußen an einem Tisch sitzen.

Oh Wunder! Sie hatte kein Smartphone in der Hand.

„Alles in Ordnung bei dir?", erkundigte ich mich besorgt.

„Ja, was soll denn sein?" Ihr Gesichtsausdruck verriet mir, dass irgendetwas nicht stimmte.

„Ach nichts. Wie war denn dein Kinoabend mit diesem Udo?" Lenkte ich ab, ohne zu wissen, dass ich damit voll ins Schwarze getroffen hatte.

„Hör mir bloß mit dem auf! Der Abend war ganz nett, jeder hat für sich bezahlt, was ich im Grunde ja OK finde.

Ich muss ja nicht ausgehalten werden. Aber danach meinte er, wir sollten doch nicht mehr über WhatsApp schreiben, sondern über ein anderes Portal, das wäre sicherer. Er hatte es sogar für mich heruntergeladen. Nur, was er mir verschwieg war, dass es darüber etwas kostete.

Ich bin bald umgefallen, als ich meine Handyrechnung bekam. Das sagte ich ihm auch, doch er beharrte auf diesem Portal. Egal, was ich vorschlug, es kam zu keinem zweiten Treffen. Daraufhin habe ich mal im Internet recherchiert und herausgefunden, dass das die Masche eines Single-Portals ist. Es gibt doch tatsächlich Personen, die für sie arbeiten und die dafür da sind, Leute zu ködern. Zuerst lullen sie dich ein, dann kommt es zu einem Treffen, bei dem sie dir dann dieses Schreib-Portal unterjubeln. Und dann wird nur noch darüber kommuniziert!

Und zwar sehr oft, damit es schön teuer wird. Irgendwann verschwinden diese Typen von der Bildfläche. Aber das Unheimliche ist, dass das Schreibportal mit ihnen von deinem Smartphone verschwindet."

Der Kellner kam und ich bestellte einen Bananen-Eisbecher, meine Lieblingssorte.

Tanja hatte wie üblich nur ein Wasser vor sich stehen.

„Die haben Männer und Frauen, die auf diese Weise Leute abzocken, denn das Schreib-Portal gehört dieser Single-Mafia und die kassieren darüber."

„Das ist ja echt eine fiese Masche! Kann man die nicht anzeigen?", fragte ich entsetzt.

„Es laufen wohl schon ein paar Anzeigen, aber bisher ohne Erfolg. Man muss da echt aufpassen!

Ich habe mir jetzt bei Facebook ein Single-Portal für unsere Stadt rausgesucht. Da sind auch ein paar Sahneschnitten drin."

Tanja trank einen Schluck.

„Facebook?", fragte ich, „was ist das denn?"

„Du kennst Facebook nicht?" Tanja war erschüttert.

„Du brauchst dringend mal eine Internet Aufklärung!"

Aufgeklärt hatte mich eine Freundin in der achten Klasse, als sie mitbekam, dass ich keine Ahnung von nichts hatte. Denn als ich mal auf die Toilette musste, meldete ich mich und sagte ganz laut.

„Ich muss mal onanieren gehen."

Alle lachten sofort los. Und der Lehrer sagte:

„Geh ruhig, aber ich hoffe du wirst nur urinieren."

Die Klasse bekam sich nicht wieder ein. In der Pause dann nahm mich meine Freundin Marina zur Seite und erklärte mir den Unterschied. Sie machte auch gleich eine komplette Aufklärung mit mir.

Ich lief den ganzen restlichen Tag mit hochrotem Kopf rum.

„Du hast wohl Recht. Ich brauche wohl noch einige Erklärungen zu meinem Smartphone und dem Internet", gestand ich Tanja kleinlaut.

„Gut, zuerst einmal nehme ich dich in meine WhatsApp-Beste Freunde-Gruppe auf. Da sind auch Maja, Siglinde, Christine, Sofie, Helga und Michaela drin. Und wenn ich was zu verkünden habe, geht es darüber schneller."

Einige der eben genannten kannte ich, doch ein paar waren mir fremd. Hatte Tanja echt so viele beste Freunde?

Oder zählte sie gleich alle dazu?

Also ich hatte nur zwei: Tanja und Christine.

„So, das hätten wir, hast du schon mal Fotos mit WhatsApp verschickt?"

„Ja klar, die Bilder die ich bekomme, da habe ich auch schon etliche weitergesendet. Mark hat mir erklärt wie das geht."

„Das meine ich nicht, sondern Selfis oder Fotos, die du gemacht hast."

„Wie bekomme ich denn Fotos in mein Smartphone? Kann ich meine Digitalkamera daran anschließen?"

Dabei sah ich mir mein Smartphone genauer an, vielleicht gab es da ja irgendwo einen Anschluss. Tanja lachte: „Du bist ja ein echter Smartphone-Neuling!"

Sie nahm mir mein Smartphone ab und zeigte mir dann auf dem Display ein Bildchen, das eine Kamera darstellte. „Hier das ist deine Kamera. Die befindet sich in deinem Smartphone und ist oft besser als eine Digitalkamera."

Sie tippte auf das Symbol und es öffnete sich ein Bildschirm. Ich sah in meinem Smartphone die

Umgebung. Echt irre! Da fiel mir ein, das Mark mir doch schon etwas erklärt hatte.

Und mich sogar damit fotografiert und das Bild bei WhatsApp reingestellt hat.

Vielleicht sollte ich mir mal Ginseng besorgen, soll ja das Gedächtnis stärken.

Oder einfach mal besser zuhören. Jetzt konzentrierte ich mich auf das, was Tanja sagte.

„Um ein Selfie zu machen, stellst du am besten die Kamera um. Dafür drückst du hier oben auf das Symbol, das eine Kamera mit Pfeilen zeigt."

Das tat sie dann auch und schon sahen wir uns selbst.

„Dann suchst du dir aus, was du fotografieren willst und drückst hier unten auf die Kamera."

Dabei nahm Tanja mich in den Arm und sagte: „Cheese", und drückte ab.

„Wenn du das gleich jemanden schicken möchtest, siehst du da oben in der Leiste diese drei verbundenen Punkte. Da gehst du drauf, dann öffnet sich Senden via. Hier unten hast du das WhatsApp Symbol."

Dabei strich sie die Seite nach unten und drückte auf ein Symbol. „Dann suchst du dir aus, wem du es schicken möchtest, schreibst noch was dazu, und schwupp - unterwegs ist es." Tanjas Smartphone muhte.

Sie hatte ihre WhatsApp Erkennung geändert von Stöhnen auf Muhen. „Hier ist es", und sie zeigte mir ihr Smartphone. Tatsächlich! Da war das Bild von uns und dazu hatte sie geschrieben: >Unser erstes Selfie <

Obwohl ich auf dem Bild schon echt dumm aus der Wäsche schaute, fand ich das Klasse, doch ob ich das noch mal hinbekam?

Als hätte Tanja meine Gedanken gelesen, sagte sie. „Und jetzt du."

Gesagt, getan! Mit ein wenig Hilfe bekam ich es tatsächlich hin und war echt stolz auf mich. Mein erstes Selfie schickte ich an Mark mit der großspurigen Bemerkung:

>Deine Mama kann Selfie<

„So dann lade ich dir noch Facebook runter und mache dir einen Account." Tanja nahm sich mein Smartphone und legte los. Ich verstand nur Bahnhof!

Da das Ganze noch was dauerte, bestellte ich mir noch einen Latte Macchiato.

Tanja blieb bei ihrem Wasser. Dabei hatte sie es gar nicht nötig. Sie war eine von den Frauen, die essen konnten, was sie wollten und trotzdem schlank blieben. Ich beneidete sie darum, schon seit wir uns kannten.

Bei Festen stopft sie sich ein Tortenstück nach dem anderen rein, und ich nehme nur vom Hinsehen zu.

„So als Profilname habe ich deinen Spitznamen genommen: *Guddie Gundel*."

Oh wie ich den hasste, ich bekam ihn schon in der Grundschule aufgedrückt, und alle fanden ihn Klasse - alle, außer mir!

Dabei hatte ich doch nur eine Martinsgans vor dem Schlachten gerettet.

Ein Nachbar hatte plötzlich eine kleine Gans im Garten, und als ich meine Eltern bekniete, mir auch eine zu kaufen, sagte mein Vater nur trocken: „Wenn ich sie dann auch zu Sankt Martin schlachten darf."

Als ich nachhakte, erklärte er mir, dass der Nachbar nur deshalb diese Gans hätte.

Jetzt kam mein gutes Herz zu Tage. Ich organisierte eine Gans-Rettung.

Zuerst lief ich mit einem Zettel durch die Gegend und ließ jeden unterschreiben, der auch gegen die Schlachtung dieser Gans war. Dann stellte ich einen Tisch in die Fußgängerzone mit einem selbstgemalten Bild von einer Gans und sammelte hier weiter. Doch da mir das immer noch nicht genug vorkam, obwohl ich mindestens dreihundert Unterschriften zusammengetragen hatte, ging ich noch zu unserem Direktor, um für die Gans um Asyl zu bitten.

Unsere Grundschule hatte eine große Wiese, die nie genutzt wurde. Ich überzeugte ihn, dass die ideal für die Gans wäre und man dann auch keinen Rasen mehr mähen müsste.

Nachdem er mit einigen Vorgesetzten geredet hatte und nichts dagegen sprach, willigte er ein.

Der Oberbürgermeister persönlich ging mit mir zu unserem Nachbarn und kaufte ihm Oscar, die Gans, ab. Neben dem Geld überreichte er ihm auch eine frisch geschlachtete polnische Mastgans.

Was für eine Ironie das war, begriff ich erst viel später, als wir im Biologie Unterricht das grausame Leben einer polnischen Mastgans durchnahmen.

Eltern bauten in freiwilliger Arbeit einen Stall für Oscar, und damit er nicht so alleine war, besorgte man ihm auch noch drei Frauen. Somit liefen vier zufriedene Gänse auf der Wiese neben der Schule herum.

Und wir Kinder fanden es klasse, auch wenn wir uns nicht mehr auf die Wiese trauten.

Mir wurde dann der Spitzname Guddie Gundel verabreicht, Guddie von gut und Gundel von Gundel Gaukeley aus den Donald Duck Heften.

Doch da ich mich, wie so oft, nicht wehrte, hatte ich ihn bis heute. Mittlerweile war ich mit ihm versöhnt. Konnte er doch nichts dafür, dass der blöde Ralf ihn hinter mir her geschrien hat.

„Ups! Leider muss ich gleich los, die Zeit die rennt."

Mit Blick auf ihre Uhr stand Tanja auch schon auf und zog sich ihre Jacke an.

„Übernimmst du die Rechnung? Das nächste Mal bin ich dran." Das war Tanjas Lieblingsspruch. Hatte auch was Gutes, dass sie nur Wasser trank, war billiger!

10. Smartphone Lernphase,
oder ich will nicht dümmer sein als meine Eltern.

Da ich noch etwas Zeit hatte, fuhr ich noch kurz bei meinen Eltern vorbei.

„Hallo Schatz, hast du zugenommen?"

Das war die übliche Begrüßung meiner Mutter.

„Nein", war stets meine Antwort, selbst wenn es nicht stimmte.

Mein Vater kam sofort mit seinem Smartphone um die Ecke.

„Schau mal was ich mir runtergeladen habe, oder besser, hör mal!"

Paps drückte auf ein Symbol und schon erklang klassische Musik. „Das ist ein Radiosender der nur Klassik spielt", erklärte er stolz.

Meine Mutter verdrehte die Augen.

„Ja, und das, wo du doch so auf Klassik stehst", meinte sie ironisch.

„Das alles nur, weil wir diesen Kurs besucht haben, wo uns das Smartphone erklärt wurde und was man alles damit machen kann. Würde ich dir auch empfehlen, ist sehr hilfreich."

Oh Gott, ich stellte mir schon vor wie ich unter lauter Ü–70jährigen sitze, mir das Ding erklären lasse und mich dümmer anstelle als die.

Nein Danke!

Da meine Eltern anfingen, sich um das Smartphone zu streiten, nur um mir zu zeigen, was sie jetzt alles konnten, verabschiedete ich mich.

Der letzte Satz meiner Mutter ging mir nicht aus dem Kopf.

„Ich brauche ein eigenes Smartphone."

Na klar, ich sah die beiden im Geiste schon auf der Couch sitzen und sich gegenseitig ihre runtergeladenen Lieder zeigen. Oder mein Vater schickt meiner Mutter eine WhatsApp in die Küche, in der steht: >Bring mir ein Bier mit <

Auf dem Nachhauseweg entstand in mir ein Plan.

Es musste doch auch anders gehen, dass ich lernte, mit meinem Smartphone umzugehen.

Und kaum war ich zu Hause, setzte ich meinen Plan in die Tat um.

Ich stürzte ohne anzuklopfen in Marks Zimmer.

„Du musst mir beibringen, mein Smartphone richtig zu nutzen", platzte ich auch sofort heraus.

Mark sah mich verwundert an.

„Hallo erst einmal."

Jetzt machte er nicht nur Rüdiger Hoffman nach, nein auch mich, denn eigentlich lief das Ganze sonst anders herum ab.

„Ja, hallo mein Schatz. Also halte dir den nächsten Sonntag frei, da erklärst du mir alles."

„Du meinst, ein Tag reicht?" Mark schmunzelte verschmitzt.

„Pass bloß auf", sagte ich und drohte mit dem Zeigefinger.

„Gut, aber was bekomme ich dafür? Würdest du so einen Kurs mitmachen, würde der was kosten, und du säßest mit weit über 70-jährigen zusammen und würdest dich bestimmt blamieren."

Ich griff mir seinen Kopf und verpasste ihm eine Kopfnuss.

Wir beide lachten.

„Ich wasch deine Wäsche, koche dein Essen und verdiene Geld für unser Leben. Reicht das nicht?", fragte ich noch immer lachend.

„Die Wäsche wäscht die Waschmaschine, das Essen bringt der Pizza-Lieferant und zum Letzten fällt mir grad nichts ein", kam es prompt von ihm.

„Ok, was möchtest du?", gab ich nach, denn ich sah mich echt schon in einem Raum mit lauter alten Leuten, die mir stolz ihre Apps präsentierten.

„Also wie wäre es mit zwei Kinokarten? Ich wollte mit Günther in den neuen Film mit Jonny Depp."

„Ok, und eine Tüte Popcorn und Cola wenn du das für dich behältst."

„Zwei Cola", wir feilschten gerne miteinander, war so eine Art Sport zwischen uns.

Was meine Eltern bei ihrem Smart Phone-Kurs gelernt hatten, bekam ich sehr schnell zu spüren. Schon am nächsten Tag kam ein Selfie von ihnen. Die beiden grinsten in die Kamera des Smartphones und im Hintergrund erkannte ich nichts. Dafür schrieben sie ausführlich.

>Sind mit unserer Senioren Wandergruppe heute an der Saarschleife auf dem neuen Baumwipfelpfad. Wetter ist toll, Stimmung auch. <

Hätte auch auf einer Postkarte stehen können.

Wenn ich jetzt genauer hinsah, könnte ich mir einreden, die Saarschleife zu erkennen.

Zum Glück dauerte es nicht mehr lange bis Sonntag. Ich war schon gespannt, was ich mit dem kleinen Kasten so alles machen konnte.

Aus dem Grund schmiss ich Mark schon um neun Uhr aus dem Bett. Eigentlich war Sonntag sein Ausschlaftag, was hieß, ich bekam ihn irgendwann nachmittags zu Gesicht.

Doch ohne zu murren, stand er auf. Ich war extra beim Bäcker gewesen und es gab neben frischen Brötchen auch Croissants. Sobald wir gefrühstückt hatten, räumte ich den Tisch ab und nahm mir einen Block und Stift zur Hand.

„Ne echt jetzt? Du willst mitschreiben?" Mark zog die Stirn kraus.

„Wart ab, wenn du mal so alt bist wie ich, da muss man sich einfach Notizen machen."

Oh mein Gott, jetzt hatte ich den Satz gesagt, den ich bei meinen Eltern schon unmöglich fand. Ich wurde echt alt.

Ohne weiter darauf einzugehen, legte Mark los.

„Wie du deine Kamera benutzt, das weißt du ja. Doch du kannst damit auch filmen."

„Echt jetzt?" Entfuhr es mir sofort. „Ja klar, oder woher kommen die ganzen lustigen Filme, die im Netz zu finden sind?"

Ich tat mal so, als wüsste ich, wovon Mark sprach. Außer, wie man die Kamera auf filmen umstellte, erklärte er mir auch andere Dinge daran.

Zum Glück hatte ich was zum Schreiben, denn das alles konnte ich mir so nicht merken und dabei handelte es sich nur um die Kamera.

Da ich noch nicht so viele Apps auf meinem Smartphone hatte, lud er auch gleich noch ein paar Wichtige herunter.

Da war zum einen eine App meiner Bank, so konnte ich auch mein Konto über das Smartphone verwalten.

Dann eine App, die mich daran erinnerte, dass ich genug trank.

Dort konnte man einstellen, wie oft sie einen erinnerte und dann eintragen, wie viel man getrunken hatte. Und am Ende des Tages sah man, ob es ausreichend war.

Vorher musste man noch Alter, Größe, Gewicht, Art der Arbeit, welchen Sport man trieb und Erkrankungen eingeben. Die App rechnete die tägliche Trinkmenge aus. Der Erinnerungston war ein Trinkgeräusch.

Der Kalender, der eh mit enthalten war, wurde so eingestellt, dass wir unsere beiden miteinander verbanden. So konnte ich sehen, welche Termine Mark hatte und er meine.

Es gab eine Einstellung für Termine, die den anderen nichts angingen. Das Gute war, dass man erinnert wurde.

Bei manchen Geburtstagsterminen stellten wir die erste Erinnerung schon ein paar Tage vorher ein, somit hatte ich Zeit genug, ein Geschenk zu kaufen.

Für meinen Lieblings-Radiosender gab es auch eine App, die Mark mir herunterlud. So konnte ich ihn immer und überall einschalten. Das war wohl so eine App die mein Vater mir gezeigt hatte.

Sogar für unsere Pizzeria hatte Mark ja schon eine Bestell-App installiert. Um sie mir zu erklären, bestellten wir auch gleich darüber.

Nach der Pizza machten wir eine Pause.

Mein Block war schon vollgeschrieben und mein Hirn leer.

Mir schwirrte der Kopf und ich legte mich etwas hin.

Der Traum, den ich hatte, war der absolute Horror.

Ich saß in einem richtig vornehmen Restaurant und, ohne es zu bemerken, machte ich mir in die Hose.

Der Kellner sah die Pfütze unter meinem Stuhl und fragte mich: „Haben sie ihre Urinier-App nicht richtig eingestellt?" Schweißgebadet wachte ich auf.

Nach einer Tasse Kaffee machten wir weiter. Zuerst einmal wiederholten wir das, was Mark mir bisher gezeigt hatte, indem ich es selbst tat. Ich hatte doch mehr behalten, als ich dachte und musste nur ab und zu nachschauen, was ich aufgeschrieben hatte.

Wow, war ich stolz auf mich!

Es war wie damals in der Schule: Alles was auf dem Spickzettel stand, wusste man und der Zettel blieb im Versteck.

Dann lud Mark mir noch eine Navigier-App auf das Smartphone.

„Du hast zwar eine, doch die hier verbraucht kein Datenvolumen."

Ich nickte, als wenn ich wüsste, was er meinte.

Datenvolumen, na klar, kenn ich.

Aus Angst, er würde es mir erklären und ich müsste mir das auch noch merken, fragte ich gar nicht erst nach.

„Mit dieser App kannst du dir, wenn du zu Fuß unterwegs bist, den Weg zeigen lassen. Und was noch wichtiger ist, wenn du irgendwo parkst, kannst du hier deine Position speichern und ohne lange zu suchen findest du zu deinem Auto zurück."

Na das war ja praktisch! Diese App war nur für mich erfunden worden, denn ich suchte ständig mein Auto. Ich glaub deshalb hatte Mark das auch so betont.

Danach schlug ich Mark vor, ein Eis essen zu gehen. Er nahm freudestrahlend an. Ich glaubte, er hatte die Nase voll, seiner Mutter was zu erklären.

Kaum hatte ich mein geliebtes Bananen-Eis vor mir, holte ich mein Smartphone raus, machte ein Foto und schickte es über WhatsApp an meine Eltern.

>Sitze mit eurem Enkel in der Eisdiele. <

>Denk an deine Hüften. < kam sofort zurück.

Das konnte nur meine Mutter sein.

Ich ließ mir das Eis trotzdem schmecken, oder gerade deswegen.

„Sag mal, wie telefoniere ich eigentlich mit dem Teil?" Ich hielt Mark das Smartphone hin.

Alle möglichen Dinge hatte er mir erklärt, nur nicht wie ich damit einfach telefoniere nicht.

Das holte er schnell nach.

11. Mark außer Haus,
oder auch Arbeit kann Spaß machen.

Mark fuhr zwei Wochen später mit seiner Klasse nach London auf Klassenfahrt.

Es war nicht das erste Mal, dass er alleine wegfuhr, er war schon öfter mit seinem Fußballklub auf Tour gewesen. Außerdem habe ich ihn in Feriencamps geschickt, was ihm immer Freude bereitet hatte.

England kannte ich selbst.

Aber durch London bin ich nur einmal kurz gefahren und darum beneidete ich ihn.

„Du schickst mir ganz viele Bilder, ja?" Mark bejahte.

„Und nicht vergessen, dich bei Madame Tussauds mit Michael Jackson fotografieren zu lassen."

Mark nickte. „Und such mal den Pferdeaufzug, davon hätte ich auch gern ein Foto." Mark verdrehte die Augen.

„Und fahr bloß mal mit dem Riesenrad. London muss von oben echt toll aussehen."

„Mensch Mutti, jetzt reicht es echt!" Marks Geduldsfaden war gerissen.

Doch er hielt sein Wort und schickte recht viele Bilder über WhatsApp.

Mit Text war er sparsam. Dort stand dann nur: >Aufzug mit Pferd<, >Tower<, >Madam T. <

Die Nacht von Sonntag auf Montag schlief ich nicht gut. Ich glaube, wir hatten Vollmond und am nächsten Tag quälte ich mich aus dem Bett, als mein Wecker klingelte.

Mark war ja noch auf Klassenfahrt, also machte ich mir gar nicht erst die Mühe, ein großes Frühstück zu richten.

Schnell eine Scheibe Toast und einen Kaffee nach dem Duschen und los ging es.

Mich erstaunte selbst, wie motiviert ich, trotz des wenigen Schlafes, war. Doch als ich an der Zulassungsstelle ankam, war ich überrascht, dass noch keiner vor der Tür stand. Normalerweise kamen die ersten schon gegen sieben Uhr, obwohl wir erst um acht Uhr öffneten und vor allem an einem Montag. Ich fragte mich jede Woche aufs Neue, warum ausgerechnet am Montag die meisten Autos zugelassen wurden.

Lag es daran, dass die Leute am Wochenende die meiste Zeit hatten, um sich ein neues Auto zu suchen?

Ich schaute auf die Uhr, jetzt hatten wir viertel vor sieben.

Als ich die Tür mit meinem Schlüssel öffnete, kam Ulrike auf mich zugestürmt.

„Hast du die E–Mail nicht erhalten?"

„Guten Morgen erst einmal. Welche E–Mail?"

„Na, die von Herrn Mayer. Die hat er am Freitagabend noch rausgeschickt."

Das „Guten Morgen!" überging sie einfach.

„Ich sitze nicht so oft am PC", war meine knappe Antwort.

„Du hast doch ein Smartphone, da kannst du doch auch E-Mails lesen und senden", sagte Ulrike.

Etwas, was Mark mir vergessen hatte zu zeigen.

„Wie geht das denn?", fragte ich darum Ulrike, holte mein Smartphone raus und hielt es ihr hin.

Sie nahm es mir ab, strich hier hin und da hin, und drückte da und dort, dann öffnete sich etwas und sie hielt es mir vor die Nase.

„Hier ist es, schau nach!" Zufrieden grinsend gab sie mir das Gerät zurück.

Jetzt war Konzentration angesagt! Wie war noch mal das Passwort?

Da Mark es mir eingerichtet hatte, konnte es nur folgendes sein:

Der Vorname meiner Mutter plus Geburtsdatum und voila! Das Postfach öffnete sich und zeigte mir die E–Mail von Freitag.

Doch bevor ich sie lesen konnte kam Herr Mayer auf mich zu.

„Gott sei Dank, wenigstens Sie sind noch gekommen, alle anderen haben abgesagt. Ich hätte besser nicht die Wahl lassen sollen, ob man hilft oder als Zusatzurlaub zu Hause bleibt."

Er nahm meine Hand und drückte sie herzlich. „Nur Frau Frei hatte gleich zugesagt."

Er atmete schwer.

Klar, dass Ulrike gleich zusagte! Sie war gerade 29 Jahre alt und hatte die Hoffnung, noch weiter zu kommen. Mir hatte diese Ambition immer gefehlt. Ich hatte zu Hause mit Mark genug Verantwortung, da brauchte ich sie nicht auch noch auf der Arbeit.

Als Mark älter wurde und somit selbständiger, kam ich mir zu alt vor, als dass ich noch im Beruf aufsteigen könnte.

„Du, Herr Dost, der das neue Betriebssystem auflädt, wird gleich hier sein. Wir sollten alle Computer schon mal hochfahren!", holte Ulrike mich aus meinen Gedanken.

Also gingen Ulrike und ich von Schreibtisch zu Schreibtisch und machten die Computer startklar.

Da das Passwort zum Öffnen des Betriebssystems für alle gleich war, gaben wir dieses überall ein.

Kaum, dass wir damit durch waren, kam unser Chef mit einem Herrn zu uns.

„Das ist Herr Dost, ich bitte Sie, seinen Anweisungen zu folgen!"

Und schon verschwand unser Chef wieder und wir standen mit dem Herrn alleine da.

„Zuerst einmal müsste ich an den Hauptrechner", sagte dieser zu uns. Ulrike nahm ihn fast an die Hand, als sie sagte: „Klar, hier entlang!" Und weg waren sie.

Das war mir nur recht. Ich setzte mich an meinen Platz und besah mir als erstes die E–Mail von Freitag.

Darin stand: >Wegen Erneuerung des Betriebssystems wird jedem Mitarbeiter freigestellt, ob er am Montag erscheint oder sich einen Tag Zusatzurlaub nimmt. <

Hätte ich das vorher gewusst, dann hätte ich ausschlafen können und wäre dann schön shoppen gegangen. Die Innenstadt war zu jeder Zeit eine bessere Alternative, als der Arbeitsplatz.

Ich träumte so vor mich hin und erschrak, als ich plötzlich angesprochen wurde.

„Na, in der Traumwelt versunken?" Herr Dost stand vor mir.

„Voll erwischt!", war alles, was ich herausbrachte.

„Könnten sie mich mal an ihren Computer lassen?" fragte er total freundlich.

„Klar doch!" Ich machte ihm Platz.

Er tippte und machte für mich ganz neue Sachen an meinem Arbeits-PC. Es öffneten sich Fenster, die ich noch nie gesehen hatte, und er brummelte dabei vor sich hin.

„Mist! Das habe ich mir gedacht!" Immer noch schaute er voll konzentriert auf den Bildschirm.

Als ich so sein Profil betrachtete, kam mir der Gedanke, dass er echt attraktiv war. Kurze schwarze Haare, wenn ich richtig gesehen hatte braune Augen und ich schätzte ihn auf eine Größe von mindestens einsachtzig.

Ob er wohl eine Freundin hatte, oder gar eine Frau?

An seinen Händen befand sich kein Ring, oder Ringabdruck, meine Fantasie ging auf Wanderschaft.

„Ah, da haben wir es ja!", schrie er förmlich.

Ich erschrak.

„Gut! Bitte schauen sie hier hin!" Er zeigte auf eine Zahlenreihe: „Wenn sich diese verändert, dann geben sie mir Bescheid."

Er stand auf und wollte gehen.

„Wie denn?", fragte ich.

„Schreien sie einfach laut Bescheid, ich lasse die Türen auf." Und weg war er.

Ich starrte also auf diese Zahlenreihe und nichts tat sich.

Mir schossen Bilder aus dem Film Matrix durch den Kopf. Ich stellte mir gerade vor, was passieren würde, sollte diese Zahlenreihe ein Portal öffnen, wenn sie sich verändert. Just in diesem Moment veränderte sie sich!

„Bescheid!", rief ich, so laut ich konnte.

„Gut!", kam es zurück.

Dieses Spiel musste nun von jedem Computer gemacht werden.

Und so schaute er beim nächsten Platz nach, setzte mich dann dahin und ich gab Bescheid, wenn sich was veränderte.

Irgendwann kam Herr Dost zu mir und fragte mich, ob es hier irgendwo eine Kantine gäbe?

Ich bejahte und er lud mich zum Essen ein. Als ich auf die Uhr sah, stellte ich fest, dass es tatsächlich schon Mittag war. Ich hatte gar nicht bemerkt, wie schnell die Zeit verging.

Als wir beim Essen saßen, fiel mir auf, dass ich Ulrike schon länger nicht gesehen hatte und erkundigte mich bei Herrn Dost nach ihr.

„Ups, die habe ich jetzt ganz vergessen. Ich hatte sie vor ein Relais gesetzt mit dem Auftrag, sie solle es beobachten. Das habe ich nur getan, weil sie mir zu sehr auf die Pelle gerückt ist. Das mag ich ganz und gar nicht."

Wir lachten beide.

„Sobald wir zurück sind, befreie ich sie." Und wieder lachten wir.

Ansonsten unterhielten wir uns über einfache Dinge, wie das Wetter.

Kaum, dass wir zurück bei der Arbeit waren, kam Ulrike auf mich zu. Sie strahlte über das ganze Gesicht.

„Ist der nicht himmlisch?", schwärmte sie.

„Er hat mir sofort eine sehr wichtige Aufgabe gegeben und gemeint, ich hätte sie super gemeistert." „Wenn du wüsstest", dachte ich mir.

Jetzt hatte ich sie an der Backe, denn Herr Dost hatte ihr gesagt, sie solle mich nun bei meiner Tätigkeit unterstützen und immer, wenn ich es sagte, ganz schnell zu ihm kommen, um ihm Bescheid zu sagen.

Der hatte echt Humor! Er ließ die Ärmste tatsächlich rennen, obwohl vorher ein Zuruf genügte. Doch was hatte ich ihm getan?

Irgendwann erschien er leicht fluchend bei uns.

„Das habe ich mir gedacht! Der ganze Mist funktioniert nicht so einfach. Hätten sie auf mich gehört, dann hätten sie es beim alten Betriebssystem gelassen, aber nein es muss ja unbedingt das Neueste sein. Dabei ist neu nicht immer gut!"

Ich merkte sofort, dass er nicht mit uns geredet hatte, sondern so etwas wie ein Selbstgespräch führte, doch Ulrike war nicht ganz so helle.

„Ja, das sage ich auch immer. Neu ist nicht immer gleich gut. Ich kaufe meine Klamotten zum Beispiel auch lieber im Second-Hand-Laden. Nur weil die jemand anderes nicht mehr will, heißt das nicht, dass sie schlecht sind. Nein meistens sind sie sogar besser als der Kram in Billigläden."

Er schaute sie nur verdutzt an und brummelte etwas, was keiner verstand, dann ging er Richtung Büro vom Chef. Den hatten wir den ganzen Tag noch nicht gesehen.

Als er zurückkam, war unser Chef bei ihm. Dieser nahm mich zur Seite und sagte zu mir: „Frau Gunterman, ich weiß zwar, dass sie einen Sohn zu Hause haben. Doch wäre es ihnen möglich länger zu bleiben? Frau Frei hat gleich gesagt, sollte es notwendig sein, bliebe sie länger, doch Herr Dost bat mich inständig, ihn auf keinen Fall mit ihr allein zu lassen."

„Mein Sohn ist in London, also wartet niemand auf mich. Ich bleibe gerne."

„Gut. Je nachdem, wie lange es dauert, haben sie dann morgen frei. Ich hoffe nur, dass es bis morgen hinhaut. Noch einen Tag schließen, wäre verheerend!"

Dies vor sich hin brummelnd, ging er zurück in sein Büro.

„Was machte er den ganzen Tag da?", fragte ich mich.

„Ich glaube der strickt Strümpfe." Als ich mich umdrehte stand Hr. Dost hinter mir. Hatte ich das wieder einmal laut gedacht?

„Danke, dass sie bleiben, sie sind meine Rettung."

Er strahlte mich an.

„Kein Problem!", erwiderte ich nur lächelnd.

„Jetzt haben wir noch ein paar Extra-Stunden mit diesem heißen Typen!", schwärmte Ulrike.

Hatte die einen Vaterkomplex?

Der war doch älter als ich. Ich schätzte ihn auf mindestens fünfzig, auch wenn er sich gut gehalten hatte.

Da sie ihm weiterhin auf den Keks ging, schickte er sie weiter kreuz und quer durch die Firmenräume.

Einmal kam sie zu mir. „Das ist ja so rücksichtsvoll von ihm, dass er nur mich schickt. Stell dir mal vor, du müsstest so viel rennen, in deinem Alter."

Ich unterdrückte das Lachen, das in mir hochkam. Wenn die wüsste!

So gegen 19 Uhr fragte ich mal nach, wie es aussähe.

„So langsam wird's, kann aber noch nicht sagen, wie lange es noch dauert."

„OK, dann bestell ich mal was zu Essen für uns."

„Super Idee." Er strahlte mich an. Hatte er doch bei dem ganzen Brass das Essen total vergessen.

„Was für eine Pizza hätten Sie denn gerne?", fragte ich ihn.

„Eine Hawaii wäre gut, oder doch lieber eine mit Thunfisch?" Er grübelte.

„Was halten sie von beiden und wir teilen sie uns dann? Ich kann mich nämlich auch nie entscheiden."

Er strahlte mich an und sah mir dabei in die Augen. Erst jetzt sah ich seine sanften braunen Augen richtig.

Es kribbelte in meinem Bauch.

„Reiß dich zusammen!", ermahnte ich mich.

Ulrike wollte nur eine einfache Margarita.

Die Nummer unserer Pizzeria kannte ich auswendig.

Ich rief lieber an als die Bestell App zu benutzen.

Ich bestellte telefonisch und erklärte ihnen, dass der Lieferant bitte laut hupen sollte, ich käme dann raus.

Das funktionierte perfekt und da ich ihre Lieblingskundin bin, bekamen wir sogar eine Flasche Wein gratis dazu.

Leider hatten wir nur Plastikbecher, doch das tat es auch.

Danach arbeiteten wir weiter.

Irgendwann gegen 22 Uhr konnte Ulrike nicht mehr. Ob das daran lag das sie so viel hin und her gescheucht wurde?

Sie verabschiedete sich und fuhr nach Hause, worüber wir nicht gerade traurig waren.

Der Chef hatte sich schon vorher verabschiedet.

Irgendwie sah er verschlafen aus.

Er kam zu mir und sagte: „Sie schließen doch ab oder?"

Nachdem ich bejaht hatte, war er weg.

„Nun sind nur noch wir zwei Soldaten da, die die Stellung halten", scherzte Herr Dost.

Ich hätte ihm gerne das Du angeboten, doch irgendwie kamen wir nicht dazu.

Bis wirklich alles lief, dauerte es noch bis nach Mitternacht, doch wir waren glücklich, dass wir es geschafft hatten.

„Was halten sie noch von einem Absacker?", fragte mich Herr Dost dann.

„Ich gebe einen aus, auf unseren Erfolg."

„Was hat denn jetzt noch auf?" Ich schaute auf die Uhr.

„Ich kenne da eine gemütliche kleine Kneipe, die ist noch geöffnet", erwiderte er.

Wir fuhren mit beiden Autos zu der Kneipe und gönnten uns ein Glas Bier.

„Das brauchte ich jetzt", sagte Herr Dost, nachdem er einen Schluck genommen hatte.

Zurück blieb ein weißer Schaumrand am Mund.

Ich deutete mit dem Finger das an meinem Mund an, aber am liebsten hätte ich es ihm weg gewischt und noch besser mit der Zunge weg geleckt! Ich hatte gewisse Bilder im Kopf.

Schnell zwang ich mich, an etwas anderes zu denken und lenkte mit lockeren Themen davon ab. Ich erzählte ihm, dass mein Sohn gerade in London sei und er erzählte, dass er gerne joggen ging.

Kaum hatte ich mein Bier ausgetrunken, verabschiedete ich mich auch schon von ihm und fuhr nach Hause.

Bevor ich einschlief, brauchte ich eine ganze Weile. Ich war total übermüdet.

In der Nacht träumte ich davon, dass ich mit Herrn Dost über grüne Wiesen lief und mich mit ihm darin vergnügte.

Obwohl ich frei hatte, wurde ich schon um sieben Uhr wach. Um neun Uhr rief ich meinen Chef an und fragte nach, ob alles in Ordnung sei.

Am Abend vorher, bevor wir die Arbeit verließen, hatte ich einen Zettel geschrieben mit den Uhrzeiten, wann Ulrike, und wann ich gegangen waren.

Er war begeistert von meinem Einsatz und lobte mich über alle Maßen. Ulrike erwähnte er nicht.

Und alles funktionierte noch wunderbar. Ich war erleichtert.

Mark kam am Donnerstag zurück und er brachte mir eine neue Hülle für das Smartphone mit, bedruckt mit der Flagge von England und dem Bild des Tower.

Er war so aufgedreht, dass wir beide bis nach Mitternacht aufblieben, damit er mir alles erzählen konnte.

Nicht nur, dass er die üblichen Sehenswürdigkeiten aufgesucht hatte, nein, er hatte auch die Queen leibhaftig gesehen.

Genau in der Zeit, in der sie da waren, fand ein Festumzug statt und er hatte einen Platz in der ersten Reihe und darum die Queen und ihren Gemahl ganz deutlich sehen können.

Zum Glück hatte ich ihn davon überzeugt, nicht nur das Smartphone als Kamera zu benutzen, sondern auch seine kleine Digitalkamera.

12. Apps zum Geburtstag,
oder Dinge, die man nicht umtauschen kann.

Heute war mein Geburtstag, doch davon merkte ich nicht viel, als ich aufstand.

Kein Überraschungsfrühstück und auch keine selbst gepflückten Blumen vom Kind. Diese Zeiten waren endgültig vorbei!

Früher bekam ich einen leckeren, sehr starken Kaffee.

Sehr stark deshalb, weil Mark immer den Teelöffel mit dem Esslöffel verwechselte. Für ihn war Löffel gleich Löffel.

Das Rührei war etwas angebrannt, aber der Toast war immer gut, weil ich Mark recht früh eingebläut hatte, das Rädchen am Toaster immer auf "3" stehen zu haben, bloß nicht mehr, sonst wird der Toast zu Kohle.

Einmal hat er es dann wirklich ausprobiert und nachdem der Toast nicht nur schwarz, sondern auch steinhart war und die Küche voller Qualm, hatte er verstanden, was ich meinte.

Heute machte ich uns Frühstück, vorher ging ich Mark das erste Mal wecken.

Nachdem ich den Tisch gedeckt und in Ruhe meine erste Tasse Kaffee getrunken hatte, das zweite Mal. Sollte das nicht reichen, nach fünf Minuten das dritte Mal.

Heute reichten zwei Mal.

„Grmmgnnn", kam Mark brummelnd in die Küche, das sollte „Guten Morgen!" heißen.

„Hast du mein Smartphone gesehen?" Mit den Worten empfing ich meinen Sohn, denn ich war schon durch die ganze Wohnung gestiefelt, total nervös, weil ich mein Smartphone nicht finden konnte.

Das nahm ich mir normalerweise bei meiner ersten Tasse Kaffee ganz genüsslich in die Hand und schaute nach, was seit dem Vortag so passiert war.

Wer hat geschrieben? Wie wird das Wetter? Welcher Prominente hat mit wem?

Meinen Kontostand ließ ich dabei außen vor, ich wollte mir ja nicht die Laune und den Tag verderben.

Das meiste davon fand ich auf Facebook.

Nachdem mir Mark dafür extra eine Lektion verpasst hatte, kam ich damit gut klar.

Spannend war zuerst einmal, welche alten Bekannten ich darauf fand. Sogar welche aus dem Kindergarten.

Dann viele Freunde, Arbeitskollegen und Menschen, die ich irgendwann mal gekannt hatte.

Jetzt schaute ich jeden Morgen, was die so getrieben haben, wer war wo im Urlaub und wer hatte Ärger mit wem?

Ich hatte mich wirklich schnell daran gewöhnt.

Selbst hielt ich mich mit dem Posten zurück.

Als Mark mir das damals mit dem Posten erklärte, war meine Antwort.

„Das mit den Postern ist bei mir vorbei, zuletzt hatte ich in meinem Kinderzimmer die Wände davon voll hängen."

Was wieder ein Augenverdrehen von Mark hervorbrachte.

Ich wartete ja immer noch auf den Tag, dass ihm mal die Augen so verdreht stehen blieben.

Doch heute Morgen war dadurch, dass ich das Smartphone nicht fand, alles total versaut.

Mark schaute, nachdem ich nach meinem Smartphone gefragt hatte, total verdutzt und man sah ihm richtig an, als ihm ein Licht aufging.

Nicht nur, dass seine Gesichtszüge sich veränderten, nein, er knallte mit seiner Hand auch vor den Kopf, drehte sich um und rannte in sein Zimmer.

Dann kam er mit einem strahlenden Gesicht und meinem Smartphone in der Hand zurück.

„Alles Gute zum Geburtstag", mit den Worten drückt er mir das Gerät in die Hand und einen Kuss auf die Wange.

„Danke, ich weiß, dass ich Geburtstag habe", und schaute ihn verdutzt an, denn all das hörte sich gerade so an, als wenn er mir ein Päckchen mit Schleifchen in die Hand gedrückt hätte und nicht mein Smartphone.

Ich schaue noch mal genauer hin, ja, das war meins.

„Nicht das Smartphone, sondern die neue App", strahlte mein Sohn mich an und nahm mir den Apparat wieder aus der Hand, öffnet das Display, in dem er mein Entschlüsselungsmuster darüber strich und tippte weiter darauf rum, bis ich ein leises Bellen höre.

Na Klasse! Ein neuer Klingelton, als hätte ich nicht schon genug davon.

Doch als er mir das Ding vor die Nase hielt, sah ich einen putzigen Welpen, der mich mit großen treuen Augen ansah.

War der süß! Sah aus wie ein beiger Labrador, knuffig.

„Du hast mir doch immer erzählt, dass du dir als Kind einen Hund gewünscht hast, doch Oma und Opa immer sagten, sie selber hätten keine Zeit dafür, was du nie verstanden hättest. Erst als ich dich um einen Hund anbettelte, hast du kapiert, was sie meinten, denn jetzt hattest du selbst keine Zeit für einen Hund."

Mark trat dabei verlegen von einem Bein auf das andere.

„Darum habe ich mir gedacht, das wäre eine nette Alternative. Du kannst mit dem Kleinen alles machen wie mit einem richtigen Hund, außer ihn in den Arm nehmen, dafür stinkt er nicht, auch nicht seine Scheiße."

Ich schaute ihn zuerst gerührt an, doch bei dem Wort Scheiße riss ich die Augen auf.

„Komm ich erklär dir alles", sagte Mark sofort.

Das tat er dann auch. Zuerst suchten wir einen Namen für den Racker aus. Ich wollte unbedingt Filou! So sollte immer mein Hund heißen.

Dann lernte ich, wie man ihn fütterte, streichelte, mit ihm Gassi ging. Und da er noch klein war, wie man mit ihm schimpfte, wenn er in die Ecke gemacht hatte, sogar wie man die Scheiße entfernte.

„So, das muss erst einmal reichen!", entschied Mark mit einem Blick auf die Uhr und stand auf, um sich fertig zu machen.

Ich räumte den Frühstückstisch ab. Viel hatten wir nicht gegessen, wegen Filou.

„Stell dein Smartphone auf der Arbeit nicht ganz aus, sondern nur auf Vibration, so meldet sich die App, wenn der Hund was braucht. Das solltest du dann auch machen, sonst wird er krank und kann auch sterben."

Mit den Worten war Mark zur Tür raus.

Der Tag mit so einem Welpen war echt stressig! Andauernd vibrierte mein Smartphone.

Er wollte essen, trinken, spielen und machte, wenn ich nicht mit ihm rausging, in die Wohnung.

Ständig musste ich meine Arbeit unterbrechen. Meinen Kollegen erzählte ich, ich hätte es am Magen, so oft wie ich zur Toilette ging, denn am Schreibtisch war das Smartphone verboten.

Um das Vibrieren nicht zu verpassen, hatte ich das Smartphone in den BH gesteckt, diesen Trick hatte ich von einer Freundin. Sie machte es so, wenn sie abends zum Tanzen ging.

Zum Glück habe ich genug Oberweite, so dass es nicht auffiel.

Der ganze Tag ging so stressig weiter.

Da ich nicht viel Zeit und Lust hatte zu kochen, schmiss ich uns eine Pizza in den Ofen.

„Danke", sagte Mark nur und zog mit seiner Pizza in sein Zimmer. Eigentlich hatten wir mal die Abmachung, dass in seinem Zimmer nicht gegessen wird. Ich habe immer darauf geachtet, dass er am Tisch zusammen mit mir zu Mittag aß.

Zum einen, weil wir so etwas Zeit miteinander verbrachten und zum anderen, damit keine Essensreste in den Tiefen seines Zimmers verschwanden.

Aber sein „Ich muss lernen!" und mein Stress mit Filou ließen mich heute darüber hinwegsehen.

Zwischendurch kamen ja auch noch WhatsApps mit Geburtstagsgrüßen und auch bei Facebook wurde an mich gedacht. Und da ich niemanden verärgern wollte, antwortete ich fleißig.

Die beste Nachricht kam über WhatsApp von meinen Eltern.

Zuerst kam ein Selfie, das sie an einem Abhang zeigte. Diesmal schien es jemand anderes geknipst zu haben, denn sie standen etwas weiter weg.

Dazu stand geschrieben: >Am Alter unserer Tochter merken wir, wie alt wir werden. Wir gehen den Abhang runter. <

Etliche Zeit später, ich war schon schier am verzweifeln, kam dann ein Foto, das sie beide unterhalb des Berges zeigte, diesmal mit dem Satz:
>Doch wie bei deiner Geburt, ist durch Absichern alles gut gegangen.<
Was hatten die zwei nun wieder getrieben?
Als ich Mark die Nachrichten zeigte, sagte er prompt: „Klasse, dann kommen sie ja mit dem Selfie-Stick klar."
„Was für ein Stick?"

„Na ein Selfie-Stick, den habe ich den beiden doch geschenkt."

Als Mark mein Fragezeichen im Gesicht sah, ging er in sein Zimmer und kam mit etwas zurück, das aussah wie ein verunstalteter Zeigestock.
„Hier machst du dein Smartphone rein." Das machte er dann auch. „Dann ziehst du den Stock auf die gewünschte Länge!", erklärte er weiter.
„Nun richtig positionieren!", dabei nahm er mich in den Arm und hielt das Ganze so, dass wir beide gut zu sehen waren. „Und dann betätigst du diesen Knopf", dabei drückte er einen schwarzen Schalter am Griff und schon wurden wir auf dem Display des Smartphones als Foto angezeigt.
Klasse so ein Ding brauchte ich auch!
„Und weißt du auch, was deine Großeltern da gerade machen?" Ich zeigte wieder auf die Bilder von der WhatsApp Nachricht.
„Opa hat doch wieder einmal was bei einem Preisausschreiben gewonnen. Ein geführtes Abseilen. Die lassen sich einen Hang hinunter."

Zum Glück hatte ich mich an die extravaganten Unternehmungen meiner Eltern gewöhnt.

Abends fiel ich erschöpft auf die Couch, auch da wollte der Hund immer wieder etwas von mir. Doch war es auch süß, wie er sich über den Boden wälzte, wenn ich ihn kraulte, dafür führte ich meinen Finger über das Display dort, wo sein Bauch oder Kopf war, auch am Rücken hatte er es gerne.

Auch putzig war, wenn ich den Ball warf und er hinterherrannte.

Dafür legte ich den Finger auf den Ball und zog ihn schnell in eine Richtung über das Smartphone und Schwupps! Der Ball flog und der Hund rannte hinterher. Echt süß.

Nur nervig, wenn der Hund kein Ende fand.

Irgendwann muss ich auf der Couch eingeschlafen sein. Als ich wach wurde, lief der Fernseher noch und mein Smartphone fand ich in der Ritze zwischen Rückenlehne und Sitz. Ich fand es ganz schnell, weil es am Ladekabel hing. Wegen der Hunde App verbrauchte es viel Strom. Sofort schaute ich drauf. Es war ausgegangen.

Nervös machte ich es wieder an, wusste ich doch nicht, wie lange ich weg war und wie es Filou ging.

Als ich die App wieder geöffnet hatte, denn auch sie hatte sich geschlossen, lag der Hund in seinem Körbchen. Ich streichelte über seinen Rücken, er bewegte sich nicht, ich stupste ihn an, keine Reaktion, ich schüttelte das Smartphone.

Nichts.

O Gott, ich habe ihn umgebracht!

Sofort rannte ich in Marks Zimmer. Dieser lag friedlich schlafend in seinem Bett.

Hysterisch schüttelte ich ihn: „Mark, ich habe Filou umgebracht!"

Mein Sohn kam langsam zu sich und sah mich verdattert an.

„Hier, der Hund ist tot, er bewegt sich nicht mehr!" Mit diesen Worten hielt ich ihm das Smartphone ganz dicht vors Gesicht.

Er nahm es mir ab und schaute mit noch halb geschlossenen Augen darauf.

„Mama, der pennt nur! Es ist kurz nach ein Uhr nachts", gähnte er, gab mir das Smartphone zurück, drehte sich um und schlief weiter.

Ich schaute verdattert auf das Display und da sah ich es: der Brustkorb des Hundes bewegte sich leicht hoch und runter, ganz gleichmäßig.

Beruhigt ging ich schlafen. Am nächsten Tag nahm Mark sich Zeit, um mir die App genauer zu erklären.

Man konnte sie auf Pause stellen und musste nicht die ganze Zeit hysterisch aufpassen. Das war der Vorteil zu einem echten Hund.

Als ich Mark fragte, warum er mir das nicht gleich gesagt hatte und ich so am ersten Tag voll im Stress war, zuckte er nur mit den Schultern.

Neben dem Hund hatte sich ja auch die Trink-App jede Stunde gemeldet, sonst hatte ich ja auf der Arbeit das Smartphone aus. Doch gestern ging andauernd, neben dem Hund, auch die Trink-App los und verursachte doppelten Stress.

Der Hund wuchs schnell heran und man hatte die Möglichkeit, ihn auszubilden. Neben Rettungshund und Blindenhund stand noch Begleithund zur Wahl.

Ich beließ es beim Familienhund. Und wie im richtigen Leben verliert das Kind, also ich, irgendwann das Interesse. Da kam dann die Mitteilung.

>Sie kümmern sich nicht mehr richtig um ihren Hund. Fragen sie ihre Eltern, ob sie ihn übernehmen wollen, oder geben sie ihn ins Tierheim.<

Da ich mir nicht die Blöße vor meinen Eltern geben wollte, gab ich ihn ins Tierheim, in der Hoffnung, sie würden einen guten Platz für ihn finden. Nie werde ich Filous traurigen Blick vergessen, als sich die Tür des Tierheimtransporters schloss.

Noch heute höre ich sein herzzerreißendes Heulen. Ich meinte es doch nur gut mit ihm.

Um nicht mehr in die Versuchung zu geraten, mir einen neuen Hund zuzulegen oder Filou im Tierheim zu sehen, löschte ich die App.

Denn das hatte ich mittlerweile raus, wie man das machte.

Am Wochenende kamen meine Eltern zum Kaffeetrinken.

„Na, du hättest ja auch mal aufräumen können", war das Erste, was meine Mutter zu mir sagte. Ich war froh, dass sie mein Gewicht außen vor ließ. Doch da hatte ich mich zu früh gefreut, denn noch bevor sie sich setzte, sagte sie: „Ich hoffe, du hast keine Sahnetorte geholt? Nicht wegen uns! Wir essen sie gerne und können das auch vertragen, aber du besser nicht! Setzt doch alles so schnell bei dir an."

Und schon war meine Laune dahin.

„Hier, das ist dein Geschenk", sagte mein Vater und gab mir eine kleine hübsch verpackte Schachtel, bevor er sich setzte.

Eins musste man meiner Mutter lassen, Geschenke einpacken, das konnte sie.

Sie hatte eine kunstvolle Rose aus Papier gefaltet und oben auf das Geschenk drapiert. Irgendwann in den Siebzigern hatte sie mal einen Origami-Kurs besucht und seitdem faltete sie immer noch, was das Zeug hielt.

Sobald sie ein Blatt Papier in der Hand hatte und sei es nur ein Kassenbon, machte sie daraus Blumen, Schwäne und anderes.

„Danke", sagte ich und verteilte erst einmal Kaffee und Kuchen. Ich hatte eine gemischte Platte beim Bäcker geholt.

Mark hatte sich wohlweislich aus dem Staub gemacht.

„Ich muss zum Training, wir haben doch bald ein wichtiges Spiel."

Wenn seine Großeltern kamen, hatte er meistens ein wichtiges Spiel.

Er ging zwar gerne zu ihnen, denn dort konnte er gehen, wann er wollte. Doch kamen sie zu uns, vermied er es lieber, da zu sein.

Was vielleicht auch daran lag, dass ich dann immer so angespannt war.

Ich öffnete das Geschenk, nachdem ich ein Stück Obstkuchen gegessen hatte.

Die Schokosahne hatte mich zwar angelacht, doch die nahm sich sofort meine Mutter und ihr Blick sagte deutlich:

Besser ich wie du.

Als ich das Papier entfernte, kam ein Kästchen hervor, darauf stand: Gravalli.

Oh wie schön, ich bekam Schmuck geschenkt, dachte ich mir. Sonst schenkten meine Eltern immer etwas Nützliches: Kochtöpfe, Bettwäsche und so.

Als ich das Kästchen öffnete, kam nicht Bling-Bling, sondern ein Armband aus Gummi in Schwarz, an diesem Gummi war ein Metall Plättchen, das war`s.
Na toll sah das nicht aus und auch nicht super modern.

Ich hoffte, meine Eltern hätten den Kassen Bon noch, denn das war das einzig Gute an ihren Geschenken:

Sie gaben grundsätzlich den Bon dazu, falls mal was sein sollte. Ich tauschte in der Regel die Dinge um und kaufte mir was Netteres davon.

„Das ist ein Fitness-Armband", erklärte mein Vater mir freudestrahlend.

„Du lädst dir eine App runter, verbindest das Armband damit und immer, wenn du Sport machst, dann kannst du ablesen, wie viel Energie du verbraucht hast und noch Einiges mehr." Er strahlte immer noch, meine Mundwinkel fanden den Weg nach oben aber nicht. Ich war erstarrt.

Sind die beiden verrückt geworden? Wann hatte ich je in meinem Leben schon mal Sport gemacht? Noch nie!

„Und dann haben wir noch das für dich." Er hob den Einsatz der Schatulle an und zog einen Zettel raus.

„Das ist eine Jahres-Mitgliedschaft für die FF`s.

Das ist eine Gruppe, die dir beim Abnehmen hilft. Sie arbeiten mit einem Sterne-System. Wenn du nicht in eine Gruppe gehen möchtest, kein Problem, du kannst alles über eine App machen."

Jetzt strahlten mich beide an. Meine Mundwinkel fielen ganz nach unten.

„Freust du dich nicht?" Fragte meine Mutter.

„Doch, doch. Ich bin überwältigt." Und das war nicht gelogen, nur nicht so, wie sie dachten. Am liebsten hätte ich sie angeschrien. „Was fällt euch ein? Mein Leben lang drangsaliert ihr mich mit meinem Gewicht, dabei bin ich fast auf einem normalen BMI."

Doch stattdessen sagte ich nur „Danke."

Ich packte alles wieder zusammen.

„Mark weiß schon Bescheid, er wird dir nachher alles aufs Smartphone laden", erklärte mein Vater noch.

Ach so, deshalb hatte er sich so schnell verkrümelt. Na warte, den würde ich mir noch vornehmen.

Der restliche Nachmittag lief dann stockend ab und ich war echt froh, als meine Eltern sich endlich verabschiedeten.

Da ich keine Lust hatte, mir was zum Abendessen zu machen und aus Frust richtig Hunger schob, ging ich zu meinem Lieblingsitaliener und bestellte mir Spaghetti alla Carbonara.

Und ich genoss sie. Ich machte mir so richtig klar, dass es Sahnesoße war und das schmeckte noch besser.

Wieder zu Hause empfang mich Mark in der Küche.

„Na, hübsches Geschenk bekommen?" Er zeigte mit seinem Kopf auf die Dose.

„Oh, ja du Verräter, du hättest mich ja ruhig warnen können", sagte ich sauer.

„Dann wäre ich ein Verräter gewesen", entgegnete er grinsend.

„Und? Tauschst du das um?", war gleich seine Frage.

„Nee, die haben diesmal keinen Kassenbon dazu getan. Ich habe schon nachgesehen", stellte ich enttäuscht fest.

„Gut, dann werde ich dir das Morgen auf das Smartphone machen."

Am nächsten Tag hatte ich mich mit Christine verabredet. Wir machten öfter gerne sonntags gemeinsame Ausflüge.

Mal gingen wir ins Museum, mal auf ein Dorffest, oder fuhren einfach auf's Geradewohl los. Diesmal war im Nachbarort ein Bauernmarkt und wir trafen uns dort.

Als wir von Stand zu Stand schlenderten, erzählte ich Christine von dem Geschenk meiner Eltern.

„Das ist doch toll", jubelte sie begeistert, und damit meinte sie nicht die selbstgestrickten Strümpfe aus Schafwolle, die sie gerade in der Hand hielt.

„So was hatte ich mir auch schon überlegt zu kaufen, und dann wollte ich walken gehen."

„Echt jetzt?", fragte ich verblüfft.

„Ja, echt! Und das mit den FF hatte ich auch vor. Dann können wir das ja zusammen machen."

Ihre Begeisterung steckte mich so langsam an zwar sehr langsam, doch da kam was!

Christine hatte einen blonden Lockenkopf, war größer wie ich und im Ganzen als kräftig zu bezeichnen.

Doch ich fand ihre Körpermaße ausgewogen und stimmig.

„Du, auf dem großen Markt ist doch heute Trödel, da fahren wir nachher noch hin. Oft sind da Händler, vielleicht bieten die dort Walkingstöcke an."

Ups, das ging aber schnell!

Doch vorher gönnten wir uns noch so einen richtig leckeren Bauernteller mit Bratkartoffeln und Bauchschwarte.

Auf dem Trödelmarkt fanden wir tatsächlich diese besagten Walkingstöcke. Da ich mich vorher noch nie damit beschäftigt hatte, wusste ich gar nicht genau, was Christine meinte. Doch als ich die Stöcke sah, ging mir ein Licht auf.

Das waren doch die Rentner, die immer durch den Park marschierten und dabei aussahen, als würden sie den Müll aufsammeln.

Na, da hatte ich mich ja auf was eingelassen!

Zu Hause stellte ich die Dinger, wie ich sie nannte, gleich in den Kleiderschrank, denn vor einem festen Termin zum ersten Walken hatte ich mich gedrückt.

„Du, wir telefonieren deshalb noch, ich muss erst in meinen Kalender schauen. Der ist in meinem Smartphone und das habe ich zu Hause vergessen." Das war nicht gelogen.

Als Mark mitbekam, dass ich wieder zu Hause war, kam er aus seinem Zimmer, nahm mein Smartphone vom Ladekabel und zeigte mir freudestrahlend, was er heruntergeladen hatte.

Zuerst öffnete er die App für das Armband. Das nahm er dann auch gleich aus der Schachtel und hielt es mir hin.

„Hier, leg es mal an!" Das tat ich dann auch.

Er hielt das Smartphone in die Nähe des Armbandes und es piepste kurz.

„So jetzt sind beide miteinander verbunden. Wenn du das Armband anbehältst, brauchst du das nicht zu wiederholen." Ich schaute mir den Arm an.

So schlecht sah es gar nicht aus. Dann öffnete er die App in meinem Smartphone.

„Hier kannst du ablesen, wie viel du dich bewegt hast, deine Herzfrequenz, deinen Schlaf und hier zeigt er auch an, ob es gut ist oder schlecht."

Zu sehen waren verschiedene Balken und Ampelfarben, die anzeigten, ob es mir nach Meinung der App gut ging oder nicht.

„Dann kommen wir zu den FF`s ", sagte Mark weiter und öffnete deren App.

„Hier kannst du deinen BMI errechnen und damit den Verlauf deiner Ernährung einstellen. Am besten schaust du einfach mal durch und wenn du nicht weiterkommst, frag mich."

Er nahm sich etwas zu trinken aus dem Kühlschrank und verschwand.

Ich kochte mir einen Kaffee und setzte mich mit dem Smartphone an den Tisch.

Bei FF gab ich erst einmal meine Daten ein. Das Alter, weiblich, Größe und Gewicht, ich hatte mich tatsächlich heute Morgen nach langer Zeit mal wieder gewogen.

Eigentlich vermied ich das, denn die Waage und ich waren echte Feinde und das lag nicht nur daran, dass meine Mutter mich drangsalierte. Ich hatte schon immer dieses Problem mit meinem Gewicht und habe etliches probiert und auch abgenommen. Danach kam aber dann immer wieder der böse Jo-Jo und packte mir aus Strafe noch mehr drauf.

Irgendwann las ich dann in einer Frauenzeitschrift den Satz:

>Jeder wiegt so viel, wie er sich wohlfühlt< und seitdem war mir das egal. Doch als ich jetzt meine Daten eingegeben hatte, erschien sofort ein „Achtung" in Rot und darunter stand: >Ihr BMI hat eine gefährliche Höhe.

>   Damit und mit ihrem Alter kann jederzeit ein
>   Herzinfarkt auftreten.<

Ups, echt jetzt? So schlimm? Oh Gott!

Sofort griff ich zum Festnetz-Telefon und rief Christine an. „Wann treffen wir uns zum Walken?", kam ich gleich zur Sache. Wir beschlossen, dreimal die Woche zu gehen, und zwar Montag, Mittwoch und Donnerstag.

Das erste Mal kam ich mir schon ziemlich blöd vor und das lag nicht an der pinkfarbenen Jogginghose. Diese war meine Einzige, die ich sonst nur zu Hause anzog, wenn ich es mir gemütlich machte. „Das Schweinchen wieder aus dem Stall ausgebüxt?" war immer Marks Kommentar dazu.

Ich hatte mir sofort vorgenommen am nächsten Tag neue Trainingssachen zu kaufen.

Nein ich kam mir blöd vor, weil ansonsten echt nur Leute im Alter meiner Eltern mit den Stöcken unterwegs waren. Die in unserem Alter joggten an uns vorbei.

Der Vorteil allerdings war, dass man sich bei dem Tempo gut unterhalten konnte.

„Ich habe mir auch die FF-App geholt", begann Christine ohne Umschweife, „und ich überlege auch mal zu der Gruppe zu gehen."

„Da geh ich erst hin, wenn ich zehn Kilo abgenommen habe. Ich habe keine Lust, mich mit meinem Gewicht vor den anderen zu blamieren", war meine Reaktion darauf.

„Aber man geht doch da hin, um sich von den anderen motivieren zu lassen", protestierte Christine.

„Für mich ist es die Motivation, erst dann hinzugehen, wenn ich mich vor anderen auf die Waage traue."

„Na, jetzt übertreibst du aber!" Christine musterte mich dabei von oben bis unten.

„Ich glaub, wir sollten das Tempo ein bisschen anziehen, die alten Herrschaften überholen uns schon zum zweiten Mal."

Und das stimmte. Ein Pärchen, weit in den Siebzigern, kam das zweite Mal an uns vorbei und musterte uns abschätzend. Wir legten etwas mit dem Tempo zu und nachdem sie nochmal vorbeikamen, gaben wir Vollgas.

Soll heißen, wir gingen wie bei einem Sommerschlussverkauf bei Dikers, also sehr schnellen Schrittes. Dies hielten wir noch nicht einmal eine Runde durch.

Am nächsten Tag fuhr ich nach der Arbeit gleich zu C&A und ging schnurstracks zur Sportbekleidung. Sofort griff ich zu einem lilafarbenen Jogginganzug. Lila war gerade mein Favorit.

„Den würde ich bei ihren Maßen nicht nehmen, oder soll der nur für zu Hause sein?"

Eine Verkäuferin hatte sich an mich herangeschlichen und mich überrumpelt.

„Nein, zum Walken", sagte ich wahrheitsgemäß.

„Ah, für draußen."

„Nein, ich walke in meinem Wohnzimmer", konterte ich patzig.

Als die Verkäuferin ihr Gesicht verzog und ich schon Angst hatte, sie könnte gleich losheulen, lenkte ich freundlicher ein: „Ja, für draußen."

„Dann würde ich eher zu diesem atmungsaktiven Material greifen. Da schwitzt man nicht so doll, und wenn ja, dann riecht man nicht."

Sie hielt einen einfachen schwarzen Jogginganzug in der Hand, der weiße Streifen an der Seite hatte, und als erfahrene Verkäuferin auch noch in meiner Größe.

Da ich aber meinen eigenen Kopf hatte, griff ich in den Ständer und zog mir einen mit rosa Streifen raus. „Das trägt aber auf", war gleich ihr Kommentar.

„Ich liebe es, wenn es aufträgt", war meiner.

Sie zog nur die Nase hoch und verschwand. Aus Protest nahm ich den Lilafarbenen auch mit in die Umkleide.

Leider hatte die gute Dame Recht! Der war gar nichts für mich, noch nicht mal für die Couch. Der Schwarze war schon besser. Und als ich dann den mit den weißen Streifen anzog, entschuldigte ich mich in Gedanken bei der Dame.

Ohne auf das Preisschild geachtet zu haben, ging ich zur Kasse und als man mir die Summe nannte, dachte ich nur: „Das verdammte Miststück ist echt gut in ihrem Job."

Desto öfter wir mit unseren Stöcken durch den Park stapften, umso besser wurden wir und irgendwann grüßten wir die älteren Leute, da es immer die Gleichen waren.

„Du hattest Recht", sagte eines Tages Christine zu mir, als wir unsere Runde walkten. „Womit?" „Dass du nicht zu den FF`s wolltest." „Ach, warum?"

„Das ist echt demütigend, sich vor den anderen auf die Wage zu stellen. Und jeder, der da ist muss! Es gibt kein Entkommen! Bevor nicht jeder drauf war, wird die Tür nicht geöffnet, man kommt also nicht raus. Und dann die jungen Dinger, die da sind, die in Tränen ausbrechen, weil sie nur 500 g abgenommen haben. Bei einem Kilo wären die schon im Untergewicht." „Sag ich doch."

„Hast du dich eigentlich schon mal genauer mit dem Programm beschäftigt?", fragte mich Christine.

„Nicht so wirklich", gab ich zu. „Was hältst du davon, sich am Samstag mal zusammen zu setzen und gemeinsam zu schauen?" „Super Idee", fand ich wirklich. Also wurde der Samstag dafür auserkoren.

Freitag rief Christine mich an. „Du, ich war mal so frei und habe in den Rezepten gestöbert und bin auf ein tolles Einfaches gestoßen. Meine Idee ist, ich bringe die Zutaten mit zu dir, wir kochen dann gemeinsam das Gericht und befassen uns mit dem Programm."

„Das ist eine klasse Idee!"

Und so kam Christine am nächsten Tag voll bepackt mit Einkaufstüten zu mir.

„Du glaubst es kaum", stöhnte sie bei der Anstrengung.

„Ich war tatsächlich eben auf dem Markt. Da war ich ja ewig nicht mehr."

Ich lachte. „Ab und zu mach ich das, ich kaufe da gerne Obst und ab und zu Salat."

„Also ich habe für uns eine Mediterrane ‚Hähnchen Gemüsepfanne' rausgesucht. Ich weiß ja, dass du Geflügel gerne isst und auch dem Gemüse nicht abgeneigt bist."

Da gab ich ihr Recht. Auch wenn ich schon eine Weile etwas koch faul geworden war. Wenn, dann achtete ich schon ein bisschen drauf, was es gab.

OK.

Zurzeit viel Fertigkost, irgendwie.

Christine öffnete das Rezept in ihrem Smartphone und wir fingen mit der Zubereitung an.

„Wie sieht es eigentlich zurzeit mit deinem Liebesleben aus?", fragte Christine ohne Hemmungen.

„Da haben wir länger nicht drüber geredet."

Und damit hatte sie recht. „Liebesleben? Mein einziges Liebesleben findet mit dem Ding in meiner Schublade statt und das braucht kein Kondom, sondern *AA Batterien*", war meine spontane Antwort.

Wir lachten beide laut los. „Was hältst du von einem Partnersuchportal?", fragte Christine mich. „Tanja hat da echt keine guten Erfahrungen gemacht", erzählte ich und gab dann das, was ich wusste, zum Besten.

Auch, dass sie jetzt bei Facebook eine Seite gefunden hatte.

„Ach ja?", sagte Christine, „da muss ich mal nachsehen."

„Ich bin zwar jetzt auch auf Facebook, aber ganz ehrlich? Ich habe mich da noch nicht mit allem befasst."

„Das ist dann das nächste, was ich dir zeige. Kennst du eigentlich StayFriends?"

„Nee, was ist das denn?" fragte ich verdattert.

Noch so etwas, was ich nicht kannte. Ich kam mir schon echt dumm vor.

„Das ist ein Portal, da kannst du alte Klassenkammeraden treffen. Wen ich da schon alles gefunden habe!" Christine war begeistert von der Seite.

Obwohl sie ein paar Jährchen älter war, war sie mit der Geschichte fitter als ich.

Das Essen, was wir gezaubert hatten, war echt spitze.

Danach setzten wir uns mit unseren Smartphones nebeneinander und schauten uns die FF App genauer an.

       Da konnte man anhand seiner Daten genau ermitteln, wie viele Sterne man essen durfte. Und bei den Gerichten, die vorgegeben wurden, standen schon die Punktzahlen dabei.

Es wurde alles super einfach erklärt und wir trugen gleich mal das ein, was wir bisher gegessen hatten und es wurde uns angezeigt, was wir noch essen durften und das war gar nicht so wenig. Obwohl ich mir fest vorgenommen hatte, mich mit dem Mist nicht mehr zu beschäftigen, tat ich es dann doch.

Da es noch gar nicht so spät war und Christine nichts anderes vor hatte, zeigte sie mir noch dieses StayFriends. Ich war begeistert. Da gab es nicht nur die Schulen, nein auch Klassenfotos waren zu sehen.
Als ich eins von meiner Klasse fand, lachte ich mich weg. Christine zeigte mir gleich, wie ich die nötige App dazu herunterlud. Und wenn man ein klein wenig was bezahlte, konnte man sich auch alle Fotos ansehen. Da zahlte ich gerne etwas.
Jetzt war ich auf den Geschmack gekommen. Zum einem mit dem Abnehmen und zum anderen mit StayFriends.

Mark musste sich jetzt mit mir umstellen, denn Pizza gab es höchstens nur noch einmal in der Woche, eigentlich wollte ich nur einmal im Monat, doch das hielten wir beide nicht durch. Ansonsten versuchte ich doch, frisch zu kochen oder etwas zu holen, was bei FF erlaubt war.
Das Walking Training machten wir weiter, nur war das Wetter nicht immer geeignet. Leider gab es keine Trockenwalkingstrecke!
„Was haltet ihr von einem Fitnessstudio nur für Frauen.

Mit einem auf uns abgestimmten Training?“, fragte ich deshalb eines Tages Christine und Tanja. Letztere hatte sich uns begeistert angeschlossen - nicht zum Abnehmen, denn das brauchte sie ja nicht, aber für die Fitness. Beide waren gleich Feuer und Flamme. Da bei Christine und mir die Pfunde purzelten und Tanja fitter wurde, waren wir echt motiviert.
Also suchten wir uns eines raus, das wir drei gut erreichen konnten und verlegten unsere Fitnesseinheiten da hin.

Wir versuchten schon, wenigstens einmal die Woche noch zu walken, denn die frische Luft tat uns gut. Jetzt bestand mein Leben neben der Arbeit und meinem Sohn hauptsächlich aus Apps von meinem Smartphone.

Dank des Armbandes und der dazugehörigen App konnte ich nachvollziehen, wie viel ich schlief, mich bewegte und dabei Kalorien verbrannte. Auch meine Herzfrequenz hatte ich unter Kontrolle.

Meine Bankgeschäfte konnte ich jederzeit und von wo aus ich wollte erledigen.

Von meinem Kalender wurde ich regelmäßig daran erinnert, welche Termine anstanden.

Die Trink-App sorgte dafür, dass ich genug Flüssigkeit zu mir nahm.

Nach der Hunde-App hatte ich es dann noch einmal mit einer App probiert, in der man seine eigene Farm bestellen konnte. Neben Obst und Gemüse musste man sich auch um diverse Tiere kümmern. Nachdem ich einmal drei Tage aus Zeitmangel nicht auf der App war, waren alle meine Felder verdorrt oder von Unkraut überwuchert, meine Tiere hatten das Zeitliche gesegnet, manche waren nur noch Skelette und meine Familie hatte mich verlassen. Danach beließ ich es bei gelegentlichen Kartenspielen, da brachte ich wenigstens Niemanden um!

Über WhatsApp kommunizierte ich und bei Facebook schaute ich nur noch ab und zu mal rein, man muss es ja nicht übertreiben.

13. StayFriends,
oder das Klassentreffen

StayFriends brachte mich auf die Idee, mal ein Klassentreffen zu organisieren.

Da ich in solchen Dingen nicht wirklich gut war, nahm ich noch einen alten Klassenkameraden, den Klaus mit ins Boot.

Mit ihm hatte ich hin und wieder mal Kontakt, da wir zum einen in der gleichen Straße wohnten und zum anderen öfter die selbe Kneipe aufsuchten.

„Das ist ja mal eine klasse Idee." Sagte er begeistert, nachdem ich ihm davon erzählt hatte.

„Ich habe zu zweien noch guten Kontakt. Kannst du dich an Werner und Armin erinnern?"

Das konnte ich sehr gut, es waren die beiden Jungs mit den altmodischsten Namen.

„Ich spiele seit unserer Schulzeit mit ihnen in einer Band."

Jetzt war ich mehr als überrascht, davon hatte er mir nie etwas erzählt, wenn wir uns sahen hatten wir immer nur über belangloses geredet.

Und auch daran, dass sie während unserer Schulzeit schon eine Band hatten, konnte ich mich nicht erinnern. Ich erinnerte mich noch daran, dass die drei Eigenbrötler waren.

„Da gibt es ein Klassenfoto von uns bei StayFriends" erwähnte ich und ich war schon ein bisschen stolz, als Klaus erstaunt schaute. Wie sich rausstellte, hatte er mit Internet nichts am Hut. Dafür nutzten wir jetzt mein Smartphone.

Schnell hatten wir mit Hilfe des Klassenfotos die Namen zusammen und durch etwas Recherchieren fanden wir auch fast alle wieder. Schon nach drei Monaten war alles organisiert. Wir trafen uns in unserer alten Aula. Als wir in der Schule nachfragten, stellte sich heraus, dass dort öfter Klassentreffen stattfanden. Außerdem war man uns dort behilflich unsere Lehrer wieder zu finden. Der erste Klassenlehrer den wir hatten, war leider schon während unserer Zeit gestorben, darum bekamen wir eine neue Klassenlehrerin, die Frau Koch. Und als sie sich entschloss nach dem dritten Kind nur noch Hausfrau und Mutter zu sein, kam Klassenlehrer Nummer drei, Hr. Schloss. Er war echt der Beste. Ein junggebliebener und kumpelhafter Lehrer. Er und Frau Koch kamen gerne.

Das Catering übernahm eine Klassenkameradin, die mittlerweile ein Lokal besaß.

Und Musik machten Klaus, Werner und Armin.

Es war überwältigend. Einige waren extra von weither angereist, Einer sogar aus Amerika. Ihn hatte ich über Facebook gefunden. Es ist toll, wie klein die große weite Welt sein kann! Ich genoss den Abend in vollen Zügen, auch die große Dankesrede unseres alten Klassensprechers, der mich und Klaus für die tolle Organisation lobte.

14. Smartphone-Dating,
oder sich mit einer App zum Affen machen.

Tanja hatte irgendwann mal die kuriose Idee, wir drei Single-Frauen sollten doch einmal an einem Smartphone-Dating teilnehmen.

Damit meinte sie außer mir, noch Christine. Obwohl die beiden sich nicht immer verstanden, nahmen sie sich gegenseitig meinetwillen in Kauf.

„Was ist denn das schon wieder?", fragte ich sie, als sie mit diesem Vorschlag um die Ecke kam.

„Genaueres kann ich dir auch nicht erklären. Doch Single und Dating hört sich doch gut an. Ist doch egal, wie man Männer kennenlernt oder?"

Nachdem sie sich wieder aus der einen Single-Gruppe abgemeldet hatte, weil herauskam, dass da Profis angeheuert wurden, die nur dafür sorgten, dass recht viel geschrieben wurde, damit Geld reinkam, war sie jetzt auf der Suche nach anderen Wegen, um Männer kennen zu lernen.

Bei Facebook war sie in einer Single-Gruppe mit Leuten aus der Nähe, doch was Richtiges hatte sie da noch nicht gefunden.

„Hm, warum nicht, ich habe dieses Wochenende eh nichts vor. Aber ob ich Christine dazu begeistern kann, weiß ich wirklich nicht." Daran zweifelte ich echt, denn sie war doch eher die Konservative.

„Probier es doch einfach mal", sagte Tanja daraufhin.

Das tat ich und schrieb sie über WhatsApp an. Wir brauchten nicht lange auf eine Antwort zu warten,
>Klar komm ich mit, ich bin doch immer offen für Neues.<
Welches Pferd hatte sie denn getreten? Als ich das letzte Mal vorschlug, wir sollten doch mal in die Ü-40 Single-Bar gehen, da weigerte sie sich strikt.
Doch das war vor unserer Walking und Diät-Phase. Ob sie jetzt mehr Selbstbewusstsein hatte?
Also wurde es festgemacht. Samstagabend um 19Uhr trafen wir uns vor der Bar ,Petit', in deren Räumlichkeiten das Ganze stattfinden sollte.
Zuerst wurden wir in einen Nebenraum geführt, an dem zehn Tische mit jeweils zwei Stühlen gegenüber aufgebaut war.
„Guten Tag, mein Name ist Tim Struppi, bitte nicht lachen, so heiße ich wirklich! Meine Eltern hatten Humor.
   Als erstes werde ich ihnen mal erklären, wie nun alles abläuft. Jeder Teilnehmer zahlt zwanzig Euro. Darin enthalten ist ein alkoholfreies Getränk nach Ihrer Wahl.
   Dann gebe ich Ihnen jetzt eine Adresse, die Sie bitte auf ihrem Smartphone eintippen. Dort können sie über den Button rechts oben eine App herunterladen.
   Bitte nicht verunsichern lassen: Sie stimmen zu, dass ihre Handynummer benutzt werden darf, aber nur für den heutigen Abend. Sobald Sie die App, mit Beendigung der Veranstaltung löschen, haben wir auch keinen Zugang mehr zu Ihren Daten. Diese App ist aus dem Grunde wichtig, weil es gleich mit einem Speed-Dating beginnt.

Es sind zehn Frauen angemeldet und diese setzen sich bitte an die Tische. Die fünfzehn Männer, die gemeldet sind, setzen sich dann gegenüber und sobald der Dong erklingt, wird gewechselt.

Jeder erhält eine Identifikationsnummer, die er sich bitte aufklebt. Frauen links, Männer rechts, der Ordnung halber. Wenn Sie jemanden interessant finden, dann bitte die entsprechende Nummer in ihre App eingeben.

Jeder hat auch die Möglichkeit Kandidaten, die für einen gar nicht in Frage kommen, zu blockieren. Dann bekommen diese nicht ihre Nummer.

Nachdem alle durch sind, wechseln wir in den Schankraum und dort beginnt dann der gemütliche Teil.

Bitte verteilen Sie sich im Raum. Zu Beginn schreiben Sie sich bitte Nachrichten über die App. Was danach passiert, liegt in ihren Händen!

Die Nummer, die die anderen Kandidaten von Ihnen erhalten, ist nicht ihre Handynummer, so dass sie keine Angst haben müssen, später belästigt zu werden. Wenn Sie Ihre eigene Nummer weitergeben möchten, so liegt das alleine in Ihrer Verantwortung.

Lassen Sie uns einen schönen Abend begehen! Viel Spaß!"

Obwohl sich alles zunächst irgendwie kompliziert anhörte, war es doch sehr einfach.

Schnell hatten wir die App heruntergeladen und unsere Nummern aufgeklebt.

Die Frauen suchten sich dann einen Tisch aus, während die Männer anfingen, jede einzelne zu beglücken.

Damit meine ich jetzt nicht, was Sie denken, nein sie besuchten jede Einzelne einmal.

Jeder hatte auch sein erstes, im Preis enthaltenes Getränk erhalten, und los ging es.

Nun, wirklich viel Interessantes war nicht dabei.

Einige mir zu junge Kandidaten hätten mir schon gefährlich werden können, da sie echt auf das Abenteuer aus waren, eine ältere Dame für ein Stelldichein zu gewinnen. Tanja gefiel das sicherlich.

Einen etwa Fünfzigjährigen tippte ich auf der App an, aber auch nur, weil das Alter passte.

Dann war ich überrascht, wer erschien.

„Na, mit Ihnen hätte ich hier ja nicht gerechnet." Da nicht viel Zeit war, kam man gleich zur Sache. „Das Gleiche gebe ich zurück. Ich bin durch eine Freundin auf das hier neugierig gemacht worden. Und da ich nichts anderes vorhatte, bin ich nun hier." War meine prompte Antwort.

„Bei mir ist es anders. Ich hatte einen Flyer im Briefkasten und da ich immer gerne neue Menschen kennen lerne und besonders Frauen, bin ich heute hier." Er grinste mich an.

Wer mir da gegenüber saß, war der nette Mensch, der auf unserer Dienststelle die neue Software aufgespielt hatte und mit dem ich mich damals schon klasse verstand.

Piep, leider war die Zeit vorbei. Seine Nummer hatte ich sofort in die App getippt und ich hoffte, er auch meine. Bevor er ging, sagte er noch: „Ich bin übrigens Bernd."

„Ich weiß! Und ich heiße Gudrun", war meine knappe Antwort.

Einer der Nächsten kam gleich zur Sache: „Also, ich bin nur auf ein schnelles Abenteuer aus. Meine Frau hat keine Lust mehr auf Sex und bevor ich mein Geld im Puff ausgebe, gehe ich lieber zu solchen Veranstaltungen."

Iiih!

Der Typ war doch bestimmt schon über siebzig! Der hätte mein Vater sein können, das ging echt nicht! Es schüttelte mich.

Dann war noch ein Bub, der total verpickelt und schüchtern vor mir saß. War der schon achtzehn? „Also ich suche Erfahrung. Ich hatte noch nie eine Freundin, und wenn ich dann mal eine habe, dann möchte ich sie nicht enttäuschen. Darum wäre eine erfahrene Frau genau das Richtige, um mir etwas beizubringen."

Was dachte der sich denn? Unmöglich!

Das ging ja gar nicht und das sagte ich ihm auch. Er trottete enttäuscht weiter, sicherlich war ich nicht die Erste, die ihn so abfertigte.

Dann kam ein Traum von einem Mann! Er sah aus wie George Clooney, nur noch besser, weil sportlicher, wenn Sie verstehen. Der hatte Muskeln, die hauten die stärkste Frau um.

Doch dann fing er an zu reden. „Guten Abend ich bin Karl Klein." Nicht, was er sagte war krass, nein seine Stimme! Die war eine Mischung von „Kevin Allein zu Haus" und Speedy Gonzales. Sie war piepsig und so hoch ich fragte mich, welche Hormone der Typ schon genommen hatte, um solche Muskeln zu bekommen.

Die Stimme versaute leider alles. Obwohl, wenn man ihm die Zunge herausschnitt, so dass er beim Sex nicht reden konnte?

Doch für guten Sex braucht Mann auch eine Zunge.

Da ich mir Gedanken darüber machte, wie man ihn zum Schweigen bringen konnte, sagte ich nicht wirklich viel bei der Runde.

Am Ende hatte ich nur drei angeklickt, um ihre Nummer zu bekommen und sechs blockiert, die gar nicht gingen.

Als wir den Raum wechselten, suchten wir drei Mädels uns einen Tisch in einer Nische und bestellten uns erst einmal was Richtiges. Jetzt war Alkohol von Nöten, einmal um uns lockerer zu machen, und zum anderen um die Schocks zu verarbeiten, die hinter uns lagen.

Ich entschied mich für Wein. Bier half mir hier nicht weiter.

Der Veranstalter erhob seine Stimme, kaum dass wir unsere Getränke vor uns stehen hatten.

„Die erste Runde ist hoffentlich für alle gut verlaufen und jeder hat interessante Personen kennengelernt. Dann bitte ich jetzt fleißig in die Smartphones zu tippen und Nachrichten über das Netz zu schicken. Irgendwann wird das Ganze dann, aus unseren Erfahrungen, in andere Dimensionen umschlagen und die Menge hier wird sich mischen. Allen wünsche ich noch einen netten Abend. Ich klinke mich jetzt hier aus. Viel Spaß noch. Und bitte nicht vergessen, die App dann wieder zu löschen. Danke."

Zuerst einmal tat sich gar nichts. Tanja, Christine und ich teilten unsere Erfahrungen mit den unterschiedlichen Männern. Bei dem George Clooney/Micky Maus Verschnitt waren wir uns einig: Der hatte zu viele Hormone geschluckt. Tanja hatte ihn trotzdem angetippt.

„Na, der kann doch gut im Bett sein, solange er nicht redet." Wir lachten.

Dann ging es los! Wir erhielten Nachrichten.

Mich schrieb der etwa Fünfzigjährige an.

>Sie haben mir von allen am besten gefallen.<

>Danke für das Kompliment. < Schrieb ich zurück

>Das war kein Kompliment.<

Da zeigte Christine mir ihr Smartphone.

„Schau mal, dem habe ich am besten gefallen."

Der gleiche Typ. Ich zeigte ihr mein Smartphone.

„Ich ihm auch."

>Besser aufpassen, wem man was schreibt<, schrieb ich zurück.

Als er in unsere Richtung schaute, zeigte ich auf mich und Christine.

>Sollte mir wohl besser einen anderen Spruch zulegen<, kam seinerseits zurück.

Ich antwortete gar nicht mehr.

>Na, war es das, was sie erwartet hatten?<

Diese Nachricht war von Bernd.

>Ich hatte gar keine Erwartungen, aber mit so viel Kuriosem hatte ich nicht gerechnet.<

Es kam ein Smiley zurück.

>Doch es gab auch nette Überraschungen.<

>Ach ja welche?<

>Dass ich einen netten Mann wiedertraf, den ich mal auf meiner Arbeit kennen gelernt habe.<

>Ich bin immer für Überraschungen gut.<

Als ich zu ihm herüber schaute, lächelte er mir zu.

>Lust auf eine Unterhaltung? <

Das war jetzt ein anderer, ich konnte ihn nicht zuordnen, darum schrieb ich: >Sorry, bin schon in einer, und ab einem gewissen Alter kann Frau auch nur noch eins auf einmal.<

>Schade.<

>Du trinkst Weißwein?<, fragte Bernd.

>Ja, doch gut ist was anderes. <

> Mein Rotwein ist auch nicht besser. Sollen wir mal einen Cocktail probieren? <

Ich schaute zu meinen Freundinnen. Beide waren kräftig am Tippen. Da Bernd an der Bar saß und ein Stuhl neben ihm frei war, stand ich auf und ging zu ihm.

„Mir ist reden lieber als schreiben, besonders wenn man im gleichen Raum ist", sagte ich, als ich bei ihm ankam.

„Der Meinung bin ich auch."

Und schon gab er mir die Cocktail-Karte. Sofort entschied ich mich für einen Swimming-Pool, meinen Lieblingscocktail. Bernd nahm einen Cosmopolitan.

Als ich mich jetzt so umschaute, schien es so, als hätten alle darauf gewartet, dass Einer den Anfang machte.

Der Raum mischte sich. Bei meinen Freundinnen waren sogar gleich vier Männer dazu gestoßen, der Über-Fünfzigjährige, der jeder den gleichen Spruch geschickt hatte, war auch dabei.

Nur der pickelige, gerade mal Achtzehnjährige blieb alleine.

„Mann, ich bin schon sechsundzwanzig!", maulte er erbost und zückte seinen Ausweis, als er bei der Bestellung eines Bieres, dazu aufgefordert wurde.

Ups!

So kann man sich täuschen! Ich wünschte ihm gedanklich viel Glück in seinem späteren Liebesleben.

„Wo bist du mit deinen Gedanken?" Bernd musste mich wohl schon eine Weile angeschaut haben.

Ich wurde rot. „Den Jungen hätte ich auch erst auf achtzehn geschätzt", bemerkte er ganz nebenbei.

Hatte ich das eben vielleicht laut gesagt, oder woher wusste er, was ich dachte?

„Also Gudrun Gunterman, willst du was von dir erzählen?" Er hatte sich meinen Nachnahmen gemerkt, ich war überrascht.

„Viel gibt es nicht. Wo ich arbeite, weißt du bereits. Dass ich einen fünfzehnjährigen Sohn habe, den ich seit gut zehn Jahren alleine großziehe, weißt du auch schon. Und dass sein Vater sich dazu entschlossen hat, auf Hawaii eine Surfschule aufzumachen, und das mit einer gerade neunzehnjährigen Thailänderin, das hatte ich noch nicht erzählt. Und was gibt es über dich?"

Ich nuckelte an meinem Cocktail.

„Nun was ich beruflich mache, weißt du ja auch."

Ich unterbrach ihn: „Nur dass du was mit Computern machst."

„Also ich bin selbständiger IT-Spezialist und das läuft besser als gedacht. Es gibt zwar viele, aber kaum Spezialisten. Außer Programme aufzuspielen, gestalte ich auch Internetseiten und helfe bei jedem Problem mit dem PC."

„Lass das mit den Internetseiten nicht Mark hören."

„Wer ist Mark?" „Mein Sohn."

Der Abend verlief total entspannt. Wir erzählten vieles von uns, doch ob ich nach drei Swimming-Pools noch alles behalten konnte, wusste ich nicht, und das sagte ich dann auch.

Als sich der Abend schon in den Morgen verwandelte, fragte Bernd, ob er meine richtige Handy Nummer bekommen dürfte.

Da ich nicht mehr in der Lage war, ihm die zu geben, reichte ich ihm mein Smartphone und er suchte sie sich selber raus. Dann rief er mich kurz an, ohne abzunehmen, tippte etwas auf meinem Smartphone rum und reichte es mir mit der Bemerkung: „Meine Nummer habe ich dir auch gespeichert, mit der Bemerkung, der nette Computerspezialist. Ich bin mir nicht ganz sicher ob du morgen noch etwas von mir weißt." Mist, schon wieder erwischt!

Meine beiden Mädels waren auch noch da und nachdem sie mich mehrmals zum Gehen aufgefordert hatten, teilten wir uns ein Taxi nach Hause.

Bernd meldete sich gleich am nächsten Tag über WhatsApp bei mir und fragte nach, wie ich nach Hause gekommen wäre.

>Super< War meine knappe Antwort. Um ehrlich zu sein, hatte ich einen entsetzlichen Kater, doch das verriet ich ihm nicht.

Als hätte er es geahnt, schickte er mir ein Bild von einer Katze, die einen Eisbeutel auf dem Kopf hatte.

Ich schickte ein Smiley, das die Zunge rausstreckte.

„Du, ich bin total verliebt", schwärmte Christine. Wir waren gerade beim Sport, Tanja hatte heute keine Lust. Sie hatte sich eh etwas zurückgezogen. Wenn es hoch kam, war sie noch einmal die Woche dabei.

„In wen?" „Na, in den Anton." „Ist das der, der für Jede den gleichen Anmachspruch hatte?" „Genau der! Und das mit den Anmachsprüchen hat er halt nicht so drauf", verteidigte sie ihn.

„Ist mir nur aufgefallen. Schön dass du verliebt bist, genieße die Zeit!", sagte ich.

„Du, das wird sicher eine lange Zeit", erwiderte Christine.

Schon zwei Tage später schickte sie mir eine WhatsApp. Ich saß gerade beim Frauenarzt im Wartezimmer und wartete auf meinen Checkup.

>Sorry bitte nicht böse sein, ich werde jetzt in meiner Mittagspause trainieren gehen, abends treffe ich mich mit Anton.<

>Kein Problem, ich gehe auch alleine<, schrieb ich zurück und das meinte ich ernst. Mittlerweile hatte ich noch andere Frauen kennengelernt und ich würde ab jetzt sofort nach der Arbeit gehen. Lag eh auf meinem Weg.

Ich blätterte gerade die gefühlte hundertste Zeitung durch. Warum machte man Termine, wenn das eh nie hinhaute? Da sah ich einen interessanten Bericht.

Es gab eine App, mit der man Punkte sammeln konnte, nur weil man bestimmte Läden betrat und dann konnte man sich später etwas für die Punkte aussuchen.

Gleich schaute ich nach der App auf meinem Smartphone, um weitere Infos zu bekommen. Sofort stand da: Um dies herunterzuladen, geben Sie folgende Infos an:

Männlich oder weiblich, Adresse, E-Mail-Adresse und akzeptieren drücken.

Damit meinten sie die Geschäftsbedingungen. Ich wollte sie durchlesen, da kam ich endlich an die Reihe, ich drückte schnell OK und steckte das Smartphone weg.

15. Wedding App,
oder mit einer App ins Unglück.

„Ich werde heiraten", keine drei Wochen später wurde ich stürmisch von Christine in unserem Lieblingscafé begrüßt.

„Echt jetzt?", war alles, was ich herausbekam.

„Freust du dich denn gar nicht für mich?" Christine war zutiefst getroffen.

„Doch, ich bin nur überrumpelt. Ihr kennt euch doch erst seit knapp zwei Monaten."

„Du hörst dich an, wie meine Mutter."

Irgendwie fühlte ich mich auch so.

„Weißt du, ich bin fast fünfzig und habe das erste Mal im Leben die Chance zu heiraten, also versau es mir nicht. Außerdem hat mein Horoskop gesagt, er wäre der Richtige."

Ups! Jetzt war sie echt stinkig, aber ich gönnte ihr das ja.

„Schatz, es ist deine Sache." Das mit dem Horoskop überging ich. Christine war in diesen Dingen etwas komisch, obwohl ich auch gerne in Zeitungen die Horoskope suchte.

„Ja, und ich will, dass du meine Trauzeugin wirst." Jetzt lächelte sie wieder.

„Natürlich!" - und schon lagen wir uns in den Armen. Wenn ich gewusst hätte, was mich als Trauzeugin erwartet, hätte ich nicht so schnell zugesagt.

Es fing schon am nächsten Tag an. Ich bekam eine Nachricht über WhatsApp, die ich in der Pause las.

Eine Zeit lang ließ ich es eingeschaltet, aber nur auf Vibration und da ging die ganze Zeit ein Brummen los.

Dann auf lautlos, doch selbst das störte, weil ich immer das Bedürfnis hatte, drauf zu schauen.

Also lieber ganz aus und in der Pause an.

Die Nachricht lautete: >Kannst du dir Morgen frei machen? Wir müssten zum Standesamt.<

>Ich will dich aber nicht heiraten.<

Schrieb ich zurück.

>Nein, einen Termin für meine Hochzeit holen und das Aufgebot bestellen. <

>Geht da nicht der Ehemann mit? <, hakte ich nach.

>Bitte nimm dir morgen frei. < Sie überging meine Frage einfach.

>Ich versuch es.<

Nach der Pause ging ich gleich zu meinem Chef.

„Könnte ich morgen spontan einen Tag frei bekommen?", fiel ich gleich mit der Tür ins Haus. „OK", kam sofort die Antwort, ohne zu fragen, warum oder weshalb.

Seit dem Tag, an dem das System neu aufgespielt worden war, hatte ich irgendwie einen Stein bei ihm im Brett.

>Geht klar. <, schrieb ich sofort an Christine.

>Gut dann morgen um 7.30 Uhr am Rathaus<.

Na, sie kam jetzt aber gleich zur Sache!

Am nächsten Tag kam ich um 7.35 Uhr vor dem Rathaus an.

„Gott sei Dank bist du da, ich dachte schon du kommst nicht mehr."

Christine war total außer sich, so theatralisch habe sie noch nie erlebt!

„Wir haben erst fünf Minuten nach der vereinbarten Zeit", brummelte ich.

Dass ich verschlafen und noch nicht mal einen Kaffee intus hatte, verriet ich nicht.

„Es ist wichtig, gleich die Erste zu sein, dann bekommt man einen guten Termin."

Ich schaute mich um. „Hier ist niemand außer uns."

„Sag ich doch, wir sind die Ersten!", jubelte Christine strahlend.

Die Türen des Rathauses öffneten sich erst fünf Minuten nach acht.

Meine Stimmung war wie mein Magen, am Boden!

Obwohl Niemand außer uns da war, mussten wir eine Nummer ziehen, und es dauerte noch mal zwanzig Minuten, bis wir an die Reihe kamen.

„So, sie wollen also einen Termin für eine Trauung?"

Die Beamtin sah uns beide von oben bis unten an.

„Meine Freundin möchte einen für sich und ihren Verlobten. Ich bin die Trauzeugin", stellte ich klar.

Meine Stimmung wurde nicht besser dadurch, dass die Gute dachte wir wären ein Paar.

„Ach so. Gut, also die nächsten Termine wären in einem halben Jahr. An welches Datum hatten sie gedacht?"

„Erst in einem halben Jahr?", sagte Christine in einem alarmierend schrillen Ton, weiß wie eine Wand.

Warum sie es so eilig hatte, war mir immer noch nicht klar, doch ich versuchte zu helfen, war ich doch die Trauzeugin.

„Und früher ist wirklich nichts frei?", säuselte ich.

„Moment, ich schau mal nach", lenkte die Dame ein, „eigentlich reicht das in der Regel. Viele haben schon Termine im Kopf."

Sie schaute intensiv auf ihren Bildschirm und bearbeitete etwas mit ihrer Maus, was wir aber nicht sehen konnten.

„Hmm, da wäre noch was in knapp fünf Wochen."

„Das nehmen wir!", jubelte Christine. Dass sie der Beamtin nicht um den Hals fiel, war alles.

Mir wurde schlecht und das nicht vor Hunger, doch ich wagte nicht, irgendetwas zu sagen.

„Lass uns frühstücken gehen", schlug ich vor, als wir draußen waren.

„Nun ich dachte, dass wir in die Druckerei gehen und die Einladungen klar machen", war dagegen Christines Vorschlag.

„Pass mal auf, ich habe noch nicht gefrühstückt und ich hatte auch noch keinen Kaffee. So unterzuckert kann ich gar nichts machen!", brummelte ich und hörte mich wohl so gefährlich an, dass Christine einlenkte.

„Wir können ja beim Frühstück Einiges besprechen."

Wir gingen also in das nahe gelegene Bistro, das einen schönen Außenbereich hatte und bei dem man mit Buffet frühstücken konnte. Das Beste dabei war, es gab auch Kaffee ohne Ende.

Ich stürmte gleich zum Büffet, um meinen Teller so zu beladen, als ob bald ein Notstand ausbrechen würde.

„Bist du nicht mehr am Abnehmen?", fragte auch gleich Christine.

„Wenn ich unterzuckert bin, dann esse ich alles, was mir in die Quere kommt, also pass besser auf!"

Ich muss dabei so schrecklich ausgesehen haben, dass Christine gleich ein Stück zurückschreckte. Ja, ohne Frühstück wurde ich schnell zum Zuckerzombie.

Als die Bedienung uns unseren Orangensaft brachte und fragte ob wir noch etwas anderes wollten, bestellte Christine eine Flasche Wasser.

„Ich muss jetzt ein bisschen aufpassen, ich heirate in knapp fünf Wochen."

„Echt? Ich habe letzte Woche geheiratet." Stolz präsentierte die Bedienung Christine ihren Ring. „Leider können wir erst in drei Wochen unsere Hochzeitsreise antreten."

Da ich mir das Gerede über Hochzeiten sicherlich nun andauernd anhören musste, ging ich mir einen zweiten Kaffee holen. Dabei fand ich auch das Rührei, das ich beim ersten Mal glatt übersehen hatte.

Als ich zurück kam, war die Kellnerin zum Glück verschwunden.

„Du, die ist echt klasse! Sie hat mir tolle Tipps gegeben", schwärmte Christine.

„Hier, ich habe jetzt sogar eine App, mit der man Hochzeiten vorbereiten kann."

Sie hielt mir ein Smartphone unter die Nase.

„Das ist doch mein Smartphone", sagte ich.

„Klar, du bist doch die Trauzeugin und musst mit mir alles erledigen. Ich habe die App auch und wir sind synchronisiert, so dass wir immer im Blick haben, was der andere erledigt hat. Außerdem habe ich dir auch gleich die ‚Horoskop-App' mit heruntergeladen. So siehst du jeden Tag, wie er werden wird. Meinst du, du kannst dir für die Vorbereitungen Urlaub nehmen?"

Als sie meinen bösen Blick sah, lenkte sie gleich ein. „War ja nur so ein Gedanke."

Wie hat sie nur mein Smartphone entsperren können?

Zum Glück ließ sie das Thema Hochzeit beim restlichen Frühstück bleiben. Sie hatte wohl gemerkt, dass es mir aufstieß.

Und das mit der Horoskop-App verdrängte ich.

Nach dem Frühstück gingen wir zur Druckerei und bestellten die Einladungen. Christine hatte ihre genauen Vorstellungen und daher ging es schnell. Ich fand sie zwar ein bisschen kitschig, doch ich hielt mich zurück.

„Du hast ja deine Hochzeit schon im Kopf, oder?", fragte ich, als wir aus der Druckerei kamen. „Klar, ich hatte ja auch lange Zeit, mir darüber Gedanken zu machen. Aber keine Angst, ich bin nicht eine von denen, die ihr Leben lang mit so einem Buch rumlaufen, in dem sie alles für ihre Hochzeit einkleben. Ich habe nur ein Heft."

Sie holte ein Schreibheft aus der Tasche, in dem einige Schnipsel klebten.

Ich kam mir vor wie in einem dieser amerikanischen Teenie-Filme.

„Hier, schau es dir durch, damit schaffen wir es, in der kurzen Zeit alles zu erledigen", sagte sie und schaute auf ihre Uhr. „Gut, wir haben noch Zeit, dann gehen wir jetzt ins Brautmodengeschäft mein Kleid aussuchen."

„Du willst dir gleich eins kaufen?", fragte ich.

Eigentlich dachte ich, sie hätte ein begrenztes Budget. Sie jammerte doch immer, dass sie nicht viel verdiente. Wie viel es war, konnte ich nicht sagen. Das verriet sie nie.

Doch vielleicht war ja Anton eine gute Partie.

„Spinnst du?", kreischte sie, „ich bin doch nicht Krösus. Nein, wir probieren die Kleider lediglich an. Das, was mir gefällt, fotografierst du und notierst dir die Größe und Marke. Dann suchst du im Internet nach einem solchen Gebrauchten, das spart Geld."

Wie gewitzt sie doch war, aber irgendwie war das Wort 'Du' mir schon zu oft gefallen.

Da so ein Brautmodengeschäft auf genau dieses spezialisiert war, wurde man gänzlich von der Auswahl erschlagen. Zum Glück hatte Christine genaue Vorstellungen und teilte diese der Verkäuferin mit. Schneller als gedacht war ein perfektes Kleid gefunden.

Der Preis lag bei knappen 3000 €, also gar nicht so viel für ein Brautkleid wie die Verkäuferin versicherte, und ein Schleier musste auch sein, außerdem Handschuhe, Bolero und Täschchen.

So fand Christine sich perfekt. Um das Kleid zu fotografieren, hatte sie sich folgende List ausgedacht. Ich sollte mit ihr in die Umkleide und ihr helfen das Kleid an- und auch wieder auszuziehen.

Eigentlich wollte das die Verkäuferin machen, doch Christine erklärte ihr unter Tränen, dass sie so Hemmungen hätte, weil sie von der lesbischen Freundin ihrer Mutter als Kind missbraucht worden war. Ich fand das zwar schon sehr dreist, doch es wirkte.

Nachdem wir sie also wieder entkleidet hatten sagte sie, dass es schon das perfekte Kleid sei, sie doch Bedenkzeit brauche und wir wollten gehen.

„Moment mal, das macht 100 Euro", hielt die Verkäuferin uns zurück.

Da sie unsere erstaunten Gesichter richtig deutete, zeigte sie auf ein Schild.

„Haben sie das nicht gelesen?" Wir beide sahen es uns an.

Auf dem Schild stand.

[Für eine Beratung ohne Kauf beziehen wir uns auf das Recht, eine Beratungspauschale von 100€ zu erheben. Diese wird bei einem späteren Kauf verrechnet.]

Wir waren baff. Die Masche, die wir heute abgezogen hatten, war wohl nicht neu.

Christine bezahlte und erhielt die Quittung dafür, mit der bissigen Bemerkung:

„Gut aufheben, selbst wenn sie hier nur den Schleier oder andere Accessoires kaufen, werden die einhundert Euro verrechnet. Einen schönen Tag noch."

„OK, schau du jetzt nach dem Kleid und dann sehen wir was noch fehlt. Das kaufen wir dann hier. Das Geld schenke ich denen nicht!"

Mit den Worten verabschiedete Christine sich von mir.

Sie hatte es nach der Anprobe sehr eilig nach Hause zu kommen, hatte Anton doch bald Feierabend und sie mussten noch kochen.

So erfuhr ich auch gleich, dass die beiden schon zusammen lebten.

Obwohl ich mittlerweile Kopfschmerzen hatte, der Tag war anstrengend gewesen, setzte ich mich zu Hause gleich an den PC.

Nachdem ich in die Google-Suchleiste den Namen des Herstellers und des Kleides eingegeben hatte, erschienen viele Angebote, aber fast alle nur von Brautgeschäften.

Dabei variierten die Preise zwar stark, doch richtig preiswert war keins.

Also gab ich noch 'gebraucht' mit an und siehe da, es gab reichlich Angebote.

Zum Glück hatte Christine einen gängigen Geschmack.

Viel fand ich unter diesen eBay-Kleinanzeigen. eBay kannte ich zwar schon, doch das mit den Kleinanzeigen war mir neu, also öffnete ich die Anwendung.

Nachdem ich den Wohnort und die Kilometerentfernung eingegeben hatte, wurden mir schon ein paar Angebote angezeigt, ich tippte noch die Größe dazu und Schwupps, waren es gerade noch zehn.

Ich schaute sie durch und sah, dass Einige doch weit entfernt waren. 200 km war doch ein zu weiter Radius, also reduzierte ich ihn erst auf 100 km und später sogar auf 50 km, und siehe, da waren es nur noch fünf!

Eins davon war sogar gleich um die Ecke. Da ich so stolz auf mich war und wie jeder gerne gelobt wurde, rief ich sofort Christine an.

„Wer stört", grummelte sie, ohne sich mit Namen zu melden.

„Na, deine Trauzeugin", antwortete ich.

„Du, wir sind gerade beim Essen", wollte sie mich abwimmeln.

„Ich habe ein Kleid", verkündete ich stolz.

„Ach so und wo?"

„Hier in der Stadt und es kostet gerade mal 500 Euro."

Mann, lob mich! Ich platze vor Stolz, dachte ich.

„Das ist schon noch teuer", erwiderte sie da schmatzend.

„Mit allem dabei", sagte ich enttäuscht.

„Was alles?" „Na, Schleier, Bolero, Handtasche und Handschuhe."

„Echt?" Jetzt kam mal Freude in ihre Stimme.

„Na, sofort kaufen!" „Ich habe sie schon angeschrieben und warte auf Nachricht."

Als ich mir diese eBay-Kleinanzeigen näher betrachtete, sah ich, dass es dafür auch eine App gab. Sofort holte ich mein Smartphone und lud sie runter.

Nachdem ich mich mit meinem Namen und Passwort angemeldet hatte, zeigte es mir auf dem Smartphone das gleiche wie am PC.

Leider dauerte es geschlagene drei Tage, bis sich die Anbieterin des Kleides bei mir meldete.

Mittlerweile hatte ich mir angewöhnt, meine Benachrichtigungen morgens anzusehen.

Sie schrieb: >Sorry, dass ich mich erst jetzt melde. Ich bin heute erst aus dem Krankenhaus zurück, habe ein Kind bekommen. Das Kleid ist noch da. Können wir einen Termin machen?<

Christine war sichtlich erleichtert und ich auch, hatte sie doch schon wegen des Kleides genervt.

Ein anderes mit vergleichbarem Equipment zu solch günstigem Preis war aber nicht zu finden.

Schon am nächsten Tag schlugen wir bei der Anbieterin auf.

Es war exakt das Kleid!

Auch die Größe stimmte. Selbst der Bolero war derselbe, nur die Handschuhe und der Schleier waren anders, doch die gefielen uns sogar besser.

„Nur leider ist das Täschchen nicht mehr dabei, das hat mir meine Patentochter abgeluxt", entschuldigte sich die Anbieterin der Sachen.

Das war ja kein Problem, hatte Christine noch die Einhundert-Euro-Gutschrift, die sie noch ausgeben konnte. Mit viel Geschick und noch mehr Hartnäckigkeit schaffte Christine es, den Preis auf gerade mal dreihundertfünfzig Euro zu drücken.

Entweder war es das schlechte Gewissen oder die frisch aufgekommenen Mutterhormone, dass die Frau darauf einging.

„Gut gemacht, das kannst du ja schon mal von der Liste streichen. Hast du schon eine Feierlokation im Sinn?"

„Ich war die letzten Tage mit deinem Kleid beschäftigt."

Das durfte jetzt nicht ihr Ernst sein!

Sie überging das einfach. „Glaubst du, du kannst dir noch mal einen Tag frei nehmen, damit wir wegen Geschenke schauen können?"

„Nein", antwortete ich demonstrativ etwas lauter. Hatte sie mir nicht zugehört?

Ich hatte ihr doch schon einmal erklärt, dass ich keinen Tag mehr frei nehmen würde.

„Und was ist mit einem Fotografen?"

„Christine, ich bin erst den vierten Tag zugange und am ersten Tag haben wir das Aufgebot bestellt. Wann hätte ich das denn alles machen sollen?"

„Du arbeitest doch an einem Computer. Hast du da nicht mal die Möglichkeit nachzusehen?" Grmmpf. Noch ein Wort von ihr und sie würde den morgigen Tag nicht mehr erleben, geschweige denn ihre Hochzeit. Was war nur los mit ihr? So kannte ich sie gar nicht.

„Ach, hier noch ein paar wichtige Dinge und eine grobe Kostenaufstellung, damit du weißt, was wie viel kosten darf." Sie reichte mir einen Zettel mit einer penibel genauen Auflistung.

Das gerade erstandene Kleid mitsamt allen Utensilien legte Christine in mein Auto, damit ihr Anton ja nicht spieken konnte.

Natürlich musste ich den ganzen Kram allein nach oben in meine Wohnung hieven. Sie verabschiedete sich sofort, um zu ihrem Schatz zu kommen.

„Was hast du denn da?" Mark schaute um die Ecke als ich mit dem ganzen Kram im Flur kämpfte.

„Christines Hochzeitskleid." Er sah mich nur mitleidig an und ich war ihm dankbar, dass er sich den Kommentar, den er auf der Zunge hatte, ersparte.

Nachdem ich alles sicher verstaut hatte, setzte ich mich mit meinem Smartphone, dem Hochzeitsheft und dem Zettel, den Christine mir gegeben hatte, auf die Couch. Als erstes schaute ich auf die Notizen. Da stand, die Hochzeit sollte nicht mehr als dreitausend Euro kosten. Bitte bei der Druckerei anrufen, die Anzahl der Einladungen ist von ehemals dreißig auf vorsichtshalber einhundert gestiegen.

Die Druckerei hatte Christine alleine aufgesucht und die Einladungen in Auftrag gegeben, die Telefonnummer stand auf dem Zettel.

Ich hoffte nur, dass sie keine Pink- oder Rosafarbenen genommen hatte. Wie sich später rausstellte waren sie in einem Beige Ton, es war ein Restposten und damit günstiger.

Was? Wollte sie einhundert Gäste einladen und pro Gast nicht mehr als drei Euro ausgeben?

Wie stellte sie sich das denn vor? Und die dreitausend Euro beinhalteten ja auch ihr Kleid, den Brautschmuck etc.

Die war ja lustig, konnte man sein Amt als Trauzeugin kündigen?

Als ich mir dann das Heft vornahm, wollte ich auswandern.

Als Location wünschte sie sich ein Schloss, oder eine Burg.

Eine Alternative stand da gar nichts. Ich machte mir Notizen.

1. Wie viele Gäste genau?
2. Etwas preiswertes Schlossähnliches suchen.
3. Einen Strick knüpfen, um mich zu erschießen.

Als ich jetzt das erste Mal die Hochzeitsvorbereitungsapp aufrief, stand da als erstes:

Dies sollte der schönste Tag ihres Lebens werden.
Scheuen sie keine Kosten.

Diese Spaßvögel! Das Schöne an der App war, dass man vieles eintragen konnte.

Ich trug zuerst einmal den Termin ein und sofort wurde ich darauf aufmerksam gemacht, dass zu dieser Jahreszeit das Wetter unbeständig ist und ich alle Eventualitäten mit einplanen sollte.

Klasse Tipp. Ich überlegte schon, wo ich einhundert durchsichtige Regenüberzieher her bekommen soll.

Die Notiz war schnell gemacht.

Das Schöne an so einem Smartphone war, dass man, egal wo man sich aufhielt, googeln konnte, und das machte ich die nächsten Tage auch.

Als ich Christine bezüglich der Einladungen fragte, warum es nun so viele sein sollten, war ihre knappe Antwort:

„Sie sind in der Zahl preiswerter und man kann sie hinterher auch gut als Danksagungskarten benutzen."

Eins musste man ihr lassen, sie dachte ja echt praktisch.

Wir gingen dann die Gästeliste durch und kamen auf ca. vierzig.

16. Ich brauche Hilfe,
oder wie ich einen Schwulen zum Strahlen brachte.

Da ich doch mit der Planung ein bisschen überfordert war, fragte ich bei einer gemeinsamen Pause Martin, ob er mir nicht helfen könnte.

„Oh Süße, herzlich gerne, " schrie er fast förmlich. Er musste sich echt zusammenreißen, um jetzt nicht voll den Schwulen raushängen zu lassen, hier auf der Arbeit wusste es ja niemand, „mein Traumberuf ist doch eigentlich Wedding-Planer. Seitdem ich diese Sendung mit „Froonck" gesehen habe, wünsche ich mir nichts sehnlicher, als auch mal eine Hochzeit zu planen."

Seine Begeisterung wirkte auf mich nicht gerade ansteckend, aber ich war erleichtert.

Wir verabredeten, dass wir nach Feierabend zu mir gehen würden, damit er sich einen Überblick verschaffen konnte.

Gesagt getan, bei mir zu Hause angekommen, zeigte ich ihm als erstes das Kleid.

„Oh magnifique, wie klasse ist das denn. Und ihr habt das echt für so wenig Geld bekommen?"

„Ja, das war eh schon preiswert angeboten worden und meine Freundin Christine, die Braut, kann wunderbar verhandeln."

„Na, das muss ich mir merken, wenn ich demnächst was kaufe, nehme ich die mit."

Dieses langgezogene, weiche Reden war ich wirklich nicht gewohnt von Martin.

Wie anstrengend musste dieses alltägliche Verstellen für ihn sein. Denn dass dies hier sein wahres Ich war, merkte ich sofort.

„Gut, dann reich mir mal das ominöse Heft. Ich schau mir das mal an."

Ich gab ihm Christines Sammlung mit ihren Hochzeitswünschen und zeigte ihm auch gleich die App.

Während er alles durchsah, kochte ich uns ein leckeres Essen im Wok.

„Was stinkt denn hier so?", fragte Mark, als er nach Hause kam.

„Sag nicht, du machst wieder eins von deinen Wok-Gerichten? Die sind so ekelig."

„Ja, dir auch hallo und danke für deine Offenheit. Ich habe immerhin schon fünf Kilo abgenommen, also bringt dieses Essen ja was."

„Du, ich muss nicht abnehmen. Darf ich mir eine Pizza bestellen?"

Mark hatte eine Ideal-Figur, aber so weit käme es noch, dass er mir mit seiner Pizza die Nase lang machen würde.

„Nein!", sagte ich deshalb kurz und bündig.

„Ach, übrigens da sitzt ein Schwuler auf unserer Couch, der andauernd verzückt in die Hände klatscht," sagte Mark, als er zurück aus seinem Zimmer kam, in das er seine Tasche gebracht hatte.

„Ich weiß. Das ist Martin mein Arbeitskollege."

„Ach der, von dem du mir erzählst hast?", fragte Mark und lümmelte sich auf einen Stuhl.

„Genau der, und du kannst ja schon mal den Tisch decken. Er stand, ohne zu murren, wieder auf und deckte für drei Personen.

Als wir dann alle zum Essen am Tisch saßen, sagte Martin als erstes:

„Also das mit den Vorbereitungen ist kein Problem. Zwar haben wir gerade mal noch etwas über vier Wochen. Eine hast du ja leider verschenkt, doch das bekommen wir schon hin. Hm, ist das lecker."

Den Vorwurf überhörte ich. Darüber, dass er alles so einfach sah, war ich froh, und das mit dem lecker war sicherlich nur eine Höflichkeit.

Zwar war das Essen genießbar, doch als so lecker hätte ich es nicht bezeichnet.

„Also wegen der Location da habe ich schon was im Hinterkopf, ich zeig dir das nachher."

Und das tat er dann auch. Gleich nach dem Essen setzten wir uns an den Computer und er öffnete eine Internetseite von einer Gaststätte, die sich in einem alten Wehrturm befand.

„Hier! Die haben gerade erst eröffnet und bieten deshalb noch sehr preiswert ihre Räumlichkeiten an. Und wenn du mich fragst, hat das etwas von einer Burg. Und mit der richtigen Dekoration verwandeln wir das in ein Schloss. Hier lies mal! Wenn man selber dekoriert, wird es gleich noch billiger."

Das ganze hatte wirklich etwas von einer Mischung aus Burg und Schloss und der Preis stimmte. Wir riefen an und waren erleichtert, dass der Termin noch frei war. Wir reservierten unverbindlich und für das Wochenende machten wir einen Termin aus, um uns alles anzusehen.

Mit Martin vereinbarte ich, dass jetzt alles in seinen Händen liegen würde.

Sollte er nur machen. Und er legte auch los. Gleich am nächsten Tag in der Pause zeigte er mir, welchen Brautschmuck er sich vorstellte und welchen Blumenschmuck er schön fand. Er kannte auch jemanden der eine Kutsche hatte, die er gerne mal für eine Hochzeit zur Verfügung stellte und auch das wieder für einen guten Preis.

Nach der Mittagspause rief Christine mich an meinem Arbeitsplatz an.

„Wir treffen uns nachher bei Reinerts, da erstelle ich eine Geschenke-Liste."

Ohne große Umschweife kam sie zur Sache.

„Erst einmal find ich das gerade nicht lustig, dass du mich hier auf Arbeit anrufst, und zweitens wollte ich nach der Arbeit Walken gehen. Ich habe das schon zu sehr vernachlässigt."

„Also anders krieg ich dich doch nicht. Ich weiß, dass du dein Handy auf Arbeit ausschaltest und nicht nur auf lautlos stellst, wie jeder andere. Und im Moment gibt es doch gewiss Wichtigeres als Sport."

„Wenn ich das gerade richtig höre, bist du auf einem Laufrad, also im Fitnessstudio."

„Ja und? Ich muss ja auch in mein Brautkleid passen."

Gegen ihre Argumente war nicht anzukommen. Also gab ich nach.

Doch ich ließ mir Zeit, sollte sie doch schon mal ohne mich anfangen, aber der Plan ging nicht auf. Als ich im Eiscafé Reinerts ankam, saß sie vor dem Geschäft im Kaffee und genoss einen Eisbecher. Soviel zu ‚ich muss ja in mein Kleid passen'.

„Setz dich, ich geb dir einen aus. Willst du ein Wasser?"

Christine war echt zu nett.

„Nein, ich hätte gerne einen Eiskaffee."

„Du denkst schon dran, dass du im Moment wenig Zeit für Sport hast? Ich hätte schon gerne eine nette schlanke Trauzeugin neben mir." Sie war echt der Knaller.

„Ja, ich weiß. Danke ich glaub ich nehm einen Bananen Split"

Das ließ ich mir dann auch richtig schmecken.

„Also, ich habe anhand meiner App gesehen, dass du eine Location hast?"

„Ja, wir schauen sie uns am Wochenende an."

„Ich kann am Wochenende nicht, da fahr ich mit Anton in ein Wellness-Hotel. Bei dem Stress, den wir zurzeit haben, brauchen wir das."

War Christine immer schon so gewesen?

Das war mir nie aufgefallen. Ich schob es auf die Hochzeit.

„Keine Sorge ich fahr da mit meinem Kollegen Martin hin."

Und ich wagte mich, ihr von ihm zu erzählen. Sie reagierte anders als erwartet. Ich hatte schon Angst, dass sie einen Tobsuchtsanfall erleiden würde, doch sie war hellauf begeistert.

„Einen schwulen Weddingplaner, wie *Froonk*? Klasse, du bist ein Schatz, mir so was zu schenken."

Wer war dieser Froonk und warum kannten alle ihn, außer mir?

Und wer hatte was von Schenken gesagt?

Dachte sie echt, dass Martin das gegen Bezahlung macht und er ein professioneller Hochzeitsplaner war?

Dann sollte sie das glauben, wenn es sie glücklich machte.

„Wann lerne ich ihn kennen?"

„Vielleicht hat er Zeit, gleich mal hier hin zu kommen," schlug ich vor und rief dann auch sofort bei ihm an.

„Na klar, gerne. Geschenke aussuchen liebe ich." war seine begeisterte Reaktion, und so warteten wir auf ihn.

„Hallo schöne Braut, " so begrüßte er Christine und gab ihr die Hand.

Ich bekam ein Küsschen rechts und links.

„Sie wollen doch nicht nur hier Geschenke aussuchen oder?"

Oh, fataler Fehler! Man sollte Christine nie kritisieren. Doch sie reagierte anders als erwartet.

„Was schlagen sie denn vor?"

„Na, in ihrer Hochzeitsapp gibt es eine Spalte für Geschenke." Er nahm mein Handy vom Tisch und öffnete sie. „Hier!", zeigte er uns.

„Da können sie alles, was sie sich aussuchen, sofort scannen und eine virtuelle Wunschliste daraus erstellen. Wir kreieren einen Barcode und machen diesen mit auf die Einladungen. Dann weiß jeder, was Sie sich wünschen und wo man es bekommt."

„Der ist klasse!", strahlte Christine mich an.

„Ich darf doch oder?" Martin zeigte auf mein Handy. Ich nickte nur und ein Marathon begann.

Wenn Martin nicht mein Handy gehabt hätte, ich hätte mich sofort abgeseilt.

Die zwei bekamen gar nicht mehr mit, dass es mich auch noch gab. Wie das dritte Rad am Wagen trottete ich hinterher.

Sie schauten hier, scannten da, riefen begeistert „Oh" und „Ah".

Was nicht alles in diesem Scan verschwand.

Nicht, dass ich wusste, was ein Scan überhaupt war.

Wir liefen von einem Geschäft zum nächsten, wenn sie all das geschenkt haben wollte was wir scannten, dann müsste sie mindestens noch zweihundert Leute mehr einladen. Oder einhundert, wenn sie sich von jedem zwei Geschenke erhoffte.

Doch bei den Preisen, die die Sachen hatten, konnte sie froh sein, wenn sie überhaupt was davon bekam.

Was wollte sie mit einem Kochtopfset?

Hatten sie nicht gerade zwei Wohnungen zusammen gelegt, also auch zweimal Kochtöpfe?

Als ich sie danach fragte, kam nur die schnippische Antwort:

„Wir fangen ein neues Leben an, da darf auch gerne alles neu sein."

Ich hätte besser nicht gefragt.

Am Ende gab Martin mir mein Handy zurück.

„Du hast eine WhatsApp erhalten. Wer ist denn dieser Bernd? Gibt es da etwas, was ich nicht weiß?", sagte er schelmisch grinsend.

Wenigstens ein kleiner Lichtblick. Bernd schrieb mir ab und zu ein ‚Hallo' oder ein ‚wie geht es dir?'

Ich las seine Whatsapp. >Na hübsche Frau, was haben Sie heute Abend noch vor? Hätten Sie Lust auf Kino?<

Ich schaute auf meine Uhr: es war jetzt fast 19 Uhr.

Ein Grund warum wir aufhörten durch die Geschäfte zu bummeln war, dass die meisten jetzt schlossen.

Wir befanden uns an unserem Ausgangspunkt, also in dem Café.

Da ich hungrig war, hatte ich mir gleich, als wir hier ankamen, ein Baguette bestellt.

Doch ich hatte Lust, Bernd wieder zu sehen.

>Gerne, wann und Wo? <, tippte ich ein.

>19:30 Uhr am Cinelax in der Stadt. Ich weiß, ist kurzfristig, doch ich hoffe es geht.<

>Klar, bin eh schon in der Stadt.<

„So, ich muss gleich gehen", sagte ich deshalb zu den beiden.

„Was?" Christines schriller Ton tat mir in den Ohren weh.

„Wir müssen doch noch die App erstellen und die Druckerei anrufen."

„Also die Druckerei ist schon geschlossen und die App könnt ihr auch ohne mich erstellen," sagte ich nun schnippisch.

Was bildete sie sich ein? Ich opferte doch schon so viel Zeit für sie.

„Na, dann gib mal dein Handy."

„Bist du verrückt? Das brauch ich doch."

„Ach, und wie sollen wir die App erstellen?"

„Na mit deinem Handy? Ich dachte diese Hochzeitsapp wäre mit dir synchronisiert?"

„Halt Mädels! Du isst dein Baguette und Christine gib mal dein Handy!"

Obwohl Martin auch schnippisch sein konnte, wurde ihm das jetzt wohl zu viel, also übernahm er die Regie.

Wir taten, was er verlangte.

„Gut. Schätzchen du kannst gehen," wandte er sich dann an mich, "wir wollen deinem Liebesglück doch nicht im Weg stehen."

Er grinste mich an.

„Und du meine Liebe", jetzt wandte er sich an Christine, „wir werden noch die App erstellen, und morgen rufe ich dann in der Druckerei an."

Jetzt war die Welt wieder in Ordnung.

Bevor ich mich zum Kino aufmachte, schrieb ich Mark noch, dass ich später kommen würde. Zurück kam ein Daumen hoch.

Vor dem Kino standen schon einige, die auf andere warteten. Ich schaute mich suchend um, als jemand von hinten auf meine Schulter klopfte.

„Wartest du schon lange?", fragte Bernd, als ich mich umdrehte.

„Nein, bin auch gerade eben erst gekommen."

Wir gingen ins Foyer. Es stand eine lange Schlange an der Kasse.

„Ich hoffe, du magst James Bond ich hatte eben vergessen zu fragen. Doch damit wir einen guten Platz ergattern, habe ich schon per Internet bestellt," verkündete er und steuerte einen Automaten an. Hier wählte er auf der Tastatur etwas, hielt sein Handy vor das Display und heraus kamen zwei Eintrittskarten.

„Echt Praktisch dieser moderne Schnick Schnack," betonte er grinsend.

Wir konnten also gleich hoch zu den Vorführräumen gehen.

Doch vorher kaufte Bernd noch eine große Tüte Popcorn, eine Cola für sich und für mich ein Wasser.

Zum Glück war der Film aufregend, spannend und lustig zugleich, sonst wäre ich eingeschlafen, denn ich war unglaublich müde.

So eine Hochzeitsgeschenke-Tour war anstrengend.

Darum verabschiedete ich mich auch gleich nach dem Kino von Bernd.

Ohne dass ich viel erklären musste, nahm er es hin.

Es gab zum Abschied ein Küsschen rechts und links.

„Na, gestern noch einen schönen Abend gehabt?",
begrüßte mich Martin auf Arbeit, als er an meinem
Schreibtisch vorbei kam.

„Ja, nur für so einen anstrengenden Tag bin ich echt zu
alt," antwortete ich und musste ein Gähnen
unterdrücken.

„Also ich fand ihn aufregend. Danke noch einmal." Er
musste sich zurückhalten.

Ich glaub am liebsten hätte er mir Küsschen gegeben.

„Also bis gleich in der Pause", verabschiedete er sich.

Als wir später zusammen in der Kantine saßen, kam er
gleich zur Sache.

„Die App und den Barcode haben wir gestern noch
erstellt und heute Morgen habe ich gleich die Druckerei
angerufen. Leider sind die Einladungen schon fertig. Doch
ich hatte eine rettende Idee. Der Barcode und die App
werden auf kleine weiße Wölkchen gedruckt. Diese
werden separat mit Bändern an die Einladungen
geheftet. Das habe ich alles mit der Druckerei geklärt."

Er biss von seinem Sandwich ab. „Und da sie die
Idee gerne übernehmen würden, kostet es nichts extra.
Nach der Arbeit hole ich sie sofort ab", redete er mit
vollem Mund weiter und musste aufpassen, dass er keine
Krümel über den Tisch verteilte.

„Du fährst zu Christine und holst die Adressen ab und wir
treffen uns dann bei dir, um die Einladungen fertig zu
machen. Um Geld zu sparen, werden wir die Adressen
mit Fineliner selbst auf die Briefumschläge schreiben."

Jetzt nahm er einen Schluck zu trinken.

„Hast du doch oder?" Er schaute mich an, ich schüttelte
den Kopf.

„Oh, OK. Ich muss ja eh noch an der Post vorbei, um Briefmarken zu holen. Dort gibt es welche zu kaufen, die bring ich dann mit." Er biss wieder in sein Sandwich.

„Gut, dann kochst du uns etwas, wenn du von Christine zurück bist und nach dem Essen legen wir los. Wenn wir Glück haben, dann schaffen wir es noch, bevor die Briefkästen geleert werden. Weißt du wann die letzte Leerung bei euch ist?" Jetzt hatte ich tatsächlich einen Krümel abbekommen. Ich wischte ihn aus dem Gesicht und schüttelte wieder den Kopf. Woher sollte ich das wissen? Wer schrieb denn noch Briefe?

„Oh, entschuldige, habe ich dich angespuckt?" Er tupfte mir mit seiner Serviette durch das Gesicht.

Wenn er weiterhin verheimlichen wollte, dass er schwul ist, sollte er besser aufpassen, dachte ich mir.

Da bekam ich eine Nachricht von Bernd.

>Danke für den schönen Abend, ich würde dich gerne bald wieder treffen. Was machst du am Wochenende?<

>Der Samstag ist mit Hochzeitsvorbereitungen verplant, doch Sonntag hätte ich frei. <

>Also könnten wir Sonntag was machen? <

>Ja gerne. <

>Was hältst du von einem Brunch?<

>Super gerne. <

>Gut dann um 9:30 ‚Uhr im Allens, kennst du das? <

>Ja, das ist in der Innenstadt, oder?<

>Genau. <

>Gut bis Sonntag. <

Zurück kam ein Smiley und ein Blumenstrauß.

„Na, fertig mit deinem Lover?" Ups Martin war genervt.

„Ja, also sehen wir uns nach der Arbeit bei mir. Ich hol vorher die Adressen von Christine und koche uns dann was Feines. Du holst die Einladungen und Briefmarken, sowie Fineliner und nach dem Essen legen wir los," ratterte ich das Programm runter, um ihm zu zeigen, dass ich zugehört hatte.

„Braves Mädchen, alles Roger", sagte er grinsend und tätschelte meine Hand. Da sah ich Uschi, die sich zu einer anderen Kollegin rüber beugte und was zuflüsterte.

Was die wohl dachte? Egal, mir waren die anderen voll Schnuppe.

Nach der Arbeit machte ich mich sofort auf den Weg zu Christine. Diese schien schon zu wissen, was ich wollte, denn ohne Umschweife reichte sie mir den Zettel mit den Adressen und ich fuhr nach Hause.

Zum Glück brauchte ich nicht noch einzukaufen und so war ich mit dem Kochen fertig als Martin ankam.

Diesmal gab es ‚Putenbrust mit mediterranem Gemüse, ein Rezept von der FF App.

Nachdem ich den Tisch abgeräumt und abgewischt hatte, breiteten wir uns darauf aus. Da es so viele Einladungen waren, teilten wir uns die Adressen.

Zuerst musste ich eine Adresse auf einen blanko Zettel schreiben. Diesen inspizierte Martin, um sicher zu gehen, dass meine Handschrift auch gut genug war. Zum Glück, oder Pech, je nachdem wie man es sah, genehmigte er es.

Wir stellten fest, dass die Personenzahl sich nun auf dreiundsechzig eingependelt hatte und waren froh, dass die Location dafür ausreichen würde.

„Leider ist es schon später wie gedacht", sagte Martin, nachdem wir die letzte Einladung zugeklebt und frankiert hatten.

„Ich fahre auf dem Nachhauseweg gleich zur Post und werfe sie dort in den Briefkasten. Dann gehen sie morgen früh raus und kommen Anfang nächster Woche an. Ich hoffe nur, dass die Leute so anständig sind und uns sofort informieren, ob sie erscheinen oder nicht, denn sonst wird es verdammt eng mit der Organisation."

Und ich hoffte, dass das mit der Location funktionierte. Wir waren so optimistisch die Einladungen zu verschicken bevor das geklärt war, doch die Zeit drängte.

Er gähnte herzhaft und sah auf seine Uhr, es war mittlerweile schon nach einundzwanzig Uhr. Auch ich war müde.

„Gut dann fahr ich jetzt, " stellte Martin fest.

„Morgen hole ich dich um sieben Uhr ab, damit wir uns die Location ansehen können und vielleicht schaffen wir es auch noch zum Blumenhändler."

„So früh? Wir haben Wochenende, da schlaf ich gerne etwas länger."

„Ich wollte vorher noch mir dir Frühstücken." Damit hatte er mich.

In der Nacht träumte ich davon, dass das Datum auf den Einladungen falsch war und dass keine Gäste bei der Hochzeit anwesend wären.

Christine bekam so einen Tobsuchtsanfall, dass sie in eine Zwangsjacke gesteckt wurde und in der Psychiatrie landete. Andauernd schrie sie:

„Ich bring sie um, ich bring sie um."

Am nächsten Tag kam ich nur schwer aus dem Bett, denn damit ich um sieben Uhr fertig war, musste ich schon um sechs Uhr aufstehen.

Vor dem Duschen brauchte ich zumindest eine Tasse Kaffee. Doch zuerst einmal schaute ich nach, ob das

Datum auf den Einladungen stimmte, denn der Traum hing mir noch nach.

Als ich sicher war, dass alles seine Richtigkeit hatte, war ich beruhigter. Nach dem Duschen nahm ich mir einen Moment Zeit um mich auszuruhen. Oder wie ich gerne sagte, zum ausdünsten, bevor ich mich anzog.

Punkt sieben klingelte es dann auch und Martin stand vor der Tür.

Wir fuhren zu seinem Lieblingsbäcker, der ein Frühstück anbot, das nicht nur reichlich, sondern auch lecker war.

„Also gut, zück mal deine App, damit wir vergleichen ob alles synchronisiert ist."

Mittlerweile hatte er sich diese auch runtergeladen und mit meiner und Christines synchronisiert.

Alles stimmte. „Gut, also die Farbe der Dekoration und der Sträuße können wir erst bestimmen wenn wir die Location ausgesucht haben. Christine hatte in ihrem Buch zwar Rosa oder Pink stehen, doch ich denke ein Lila-Ton wäre in ihrem Alter angebrachter.

Dann habe ich mit dem Bekannten wegen der Kutsche telefoniert. Das ginge klar, nur die möchte ich mir heute auch noch ansehen, bevor ich zusage. Das Täschchen hast du?"

Er sah mich fragend an. Ups, das war mir durchgegangen.

„Gut, das erledigen wir gleich als Erstes."

Er hatte tatsächlich an meinem Blick gesehen, dass ich es vergessen hatte.

„Also mit Anton habe ich Montag einen Termin zum Aussuchen eines Anzugs, dafür möchte ich gerne noch das Kleid sehen, ginge das morgen?" Nur ein kurzer Blick zu mir.

„Nein, da scheinst du was vor zu haben. Dann eben heute noch, wenn ich dich eh nach Hause bringe."

Martin hatte eine Liste erstellt auf der jetzt abhakte und sich Notizen machte.

Ich sah mich suchend um, wo war die versteckte Kamera?

Dies konnte doch alles nicht echt sein.

Doch das war es. „Gut, das Brautmodengeschäft öffnet erst um zehn Uhr.

Hmm, was könnte man bis dahin erledigen?"

Vielleicht das Leben wechseln?, dachte ich mir, denn im Moment fühlte ich mich in meinem nicht richtig wohl.

Wer hatte diesen Schwachsinn in Umlauf gebracht, dass ich super gerne mal eine Hochzeit für eine Freundin ausrichten würde?

Als ich Tanja erzählte, dass Christine mich einfach dafür bestimmte, hat diese mich mit ihrem Wasser, das sie gerade trank, angespuckt.

„Was du? Du hast es doch noch nicht mal geschafft einen anständigen Kindergeburtstag für Mark zu organisieren. Nachdem sein vierter in die Hose ging, bist du doch immer zu McDonalds mit ihm gegangen.

Bis er nach dem fünften Mal dich angebettelt hat doch was anderes zu machen, da seine Freunde das schon echt doof fanden, immer das Gleiche.

Da kamst du panisch zu mir und hast mich um Hilfe angebettelt.

Seitdem war ich die, die dir jedes Jahr eine neue Idee gab."

Und ich gab ihr recht, auch um das Klassentreffen zu organisieren hatte ich mir Hilfe gesucht.

„Was hältst du davon?"
„Wovon?" Jetzt war ich so in Gedanken vertieft gewesen, dass ich nichts mehr mitbekam.
„Na, dass wir uns auf die Suche nach einer Hochzeitstorte machen?"
„Warum, suchen?"
Ich sah mich um, wir saßen doch in einer Bäckerei, und wenn ich richtig lag, gab es hier auch Kuchen?
Martin zog die Stirn fragend in Falten, auch er sah sich um und da ging ihm ein Licht auf.
„Du bist große klasse." Er schlug sich jetzt sogar mit der flachen Hand vor die Stirn.
„Das ich da nicht selber drauf gekommen bin."
Er stand auf, ging zu der Dame am Tresen, redete kurz mit ihr und kam zurück.
„Sie schickt uns gleich den Konditor."
Kurz darauf erschien ein Mann in Bäckerklamotten, der wohl außer Bäcker auch Konditor war, mit einem Tablett voll Kuchenstückchen und einem Fotoalbum.
„Sie wollen also heiraten?" Strahlte er uns an.
„Nein, wir sind die Ausrichter der Hochzeit."
„Ach so", sein Strahlen wurde dadurch nicht weniger.
„Hier sind die Torten, die ich schon gemacht habe."
        Er gab uns das Fotoalbum.
„Und hier ein paar Kostproben für die Art der Füllung." Er reichte uns das Tablett mit den Kuchenstückchen.
Und so saßen wir, gleich nach dem Frühstück und probierten Kuchen und das nicht zu wenig.
Es gab Füllung mit Himbeere, Kirsche, Aprikosen, Vanille, nur Sahne, Kaffeesahne und Stracciatella.

Wenn ich das heute Abend in meine FF App eintrug, würde ich sicher die Kündigung von ihr erhalten.

Aber hey, das ist wie bei einer Weinprobe, da spuck ich den Wein auch nicht aus, oder gebe einen Schluck zurück. Selbst wenn er nicht schmeckt, was einmal in meinem Glas ist, hat auch das Recht getrunken zu werden.

Und was einmal auf meinem Teller ist und so köstlich schmeckt, das hat das Recht gegessen zu werden.

Scheiß auf Diät, besonders wenn es nichts kostet.

Gerade hatte sich bei mir die Idee entwickelt, doch öfter mal in eine Konditorei zu gehen und vorzugeben, dass ich eine Hochzeitstorte bräuchte. Ob ich dann jedes Mal so viel zum Probieren bekommen würde?

Und ob es mittlerweile auch welche gab, bei denen man was zahlen musste, wenn man nichts bestellte?, fiel mir da siedend heiß ein.

Ok, abgehakt diese Idee, wäre aber toll gewesen.

Zurück im Hier und Jetzt, stellte ich fest, dass wir wohl die Füllung schon ausgesucht hatten, denn Martin blätterte die Bilder durch.

„Was hältst du von der hier?" Er zeigte mir eine fünfstöckige Torte.

Ich schaute sofort auf den Preis.

Er bemerkte es. „Gut, eine dreistöckige tut es auch", lenkte er gleich ein.

Es gab auch noch eine Auswahl an Brautpaarfiguren. Doch auch die war schnell gefunden, nicht pompös, schlicht und einfach, das war es.

Und wieder konnten wir einen wichtigen Punkt auf der Liste abhaken. Das einzige was wir offen hielten, war eine Farbe, die in der Torte mitspielen sollte. Dafür würden wir anrufen, sobald wir uns entschieden hätten, alles kein Problem.

Mir war nach dem vielen Kuchen nun etwas flau im Magen. Ein Schnaps wäre jetzt nicht schlecht, dachte ich. Doch dafür war es definitiv zu früh. Ob ich meine FF-App bis nach der Hochzeit besser ausstellte? Denn ich sah sie förmlich vor mir, wie sie mit einem Schild im Arm davon marschierte. Auf dem Schild stand:

>> Wegen zu wenig Toleranz mir gegenüber kündige ich das Arbeitsverhältnis.<<

Sofort nahm ich mein Handy und schaute nach.

„Was machst du da?", fragte Martin.

„Nachsehen ob ich meine FF-App auf Pausieren stellen kann."

Er nahm mir das Handy aus der Hand, schaute hier, drückte da und kontrollierte noch mal alles.

„Hier, bis nach der Hochzeit auf Urlaub gestellt."

„Danke", war ja einfacher als gedacht.

Nun ging es zu dem Brautmodengeschäft und dort kaufte ich die Tasche. Mit dem Gutschein und fünfzig Euro dazu kam ich aus. Ich hatte schon befürchtet, dass es irgendwelche Diskussionen geben würde.

Und nun ging es zu dem Restaurant, in dem die Feier stattfinden sollte.

Es befand sich mitten in der Stadt und zuerst sah man es überhaupt nicht. Die Außenfassade des Restaurants war so unscheinbar, dass es in seiner unmittelbaren Umgebung nicht sonderlich auffiel. Erst als man durch den Eingang schritt, erkannte man, dass es mal eine Art Wehrturm gewesen sein musste.

Und dann auf dem Hof haute es einen förmlich um.

Ein großer Innenhof tat sich auf. Das alte Mauerwerk bestand aus weißem Sandstein. Zur Rechten war die Wand mit rötlich schimmerndem wildem Wein bewachsen, nur die Fenster und eine Tür waren offen. Geradeaus sah man auf den puren Stein und davor eine gemütliche Sitzecke, umrandet von schön bepflanzten Blumenkübeln.

In der rechten Ecke rankte ein runder Turm in die Höhe, eine Treppe führte zum Eingang.

Rechts war der Eingangsbereich, der komplett aus Glas bestand.

Doch als man dann die Halle betrat, wurde der Außenbereich in den Hintergrund gerückt.

Hier war alles in einem dezenten Prunk.

Der Boden war mit einem dunkelblauen Teppich ausgelegt und die Wände in einem dezenten rot gehalten. An den Wänden hingen große Landschaftsgemälde, die mit Strahlern angeleuchtet wurden. Kaum waren wir drinnen, kam ein freundlicher, leger gekleideter Herr auf uns zu.

„Guten Tag, ich bin Herr Strobinger und sie sind die Herrschafften wegen der Hochzeit?"

Nach einem Händedruck und einer Bejahung unsererseits bekamen wir eine Führung durch das Haus.

„Hier ist unser Speisesaal, so wie es jetzt hier zu sehen ist, können 50 – 70 Gäste Platz finden.

Wir haben aber auch noch einen kleineren Raum.

Dann kann man hier eine Trennwand öffnen und hätte so die Möglichkeit zu tanzen."

Er zeigte uns, wie groß der Raum war, wenn man die Trennwand öffnete.

Auch hier war alles mit viel Liebe zum Detail renoviert worden.

Ich wusste gar nicht, wo ich als Erstes hinschauen sollte.

Und dann wurde uns eine Art Kapelle gezeigt.

Früher fanden hier wohl Messen statt und jetzt diente es als Trauzimmer.

Der Raum war rechteckig und an den Wänden mit cremefarbenen Paneelen verkleidet, der Boden war mit dem gleichen Teppich wie der Eingangsbereich ausgelegt.

Es gab zwei Sitzgruppen, auch in dem cremeweiß gehalten. Am Kopfende hing ein Gemälde, auf dem mehrere Szenen gleichzeitig abgebildet waren.

Zu sehen war darauf die Kreuzigung, Maria mit dem toten Jesus im Arm und die Auferstehung Christi.

Der ehemalige Altar diente nun als Trautisch, mit einem Stuhl dahinter und vier davor.

„Da wir ja erst vor kurzem aufgemacht haben, sind wir leider noch nicht wirklich bekannt. Hier hat bis jetzt noch keine Trauung stattgefunden, ihre wäre die Erste", erklärte uns der Besitzer.

„Nicht wir heiraten, sondern wir richten alles für eine Freundin aus", verbesserte ich sofort.

Er schaute auf seinen Zettel und räusperte sich.

„Natürlich, Entschuldigung." Er strich sich verlegen über die Nase. „Ich hätte ein einmaliges Angebot für sie. Da wir noch Fotos für unsere Webseite und Broschüren von einer Hochzeit bräuchten, wollte ich fragen, ob wir die ihrer Freundin fotografieren dürften?

Wir möchten dafür keine Modells nehmen, es soll realistisch sein.

Wir würden den Fotografen stellen, so wie eine Visagistin, die ihre Freundin frisiert und schminkt, ebenfalls den Bräutigam und die Trauzeugen. Außerdem übernehmen wir die komplette Dekoration, in der Farbe die Sie wünschen. Außer Pink oder Schwarz, da weigere ich mich." Er lachte.

"Und wir würden Ihnen den Fotografen für die späteren Hochzeitsfotos kostenfrei zur Verfügung stellen." Erwartungsvoll sah er uns an.

Martin und ich hätten am liebsten gejubelt.

Doch ich hielt mich zurück und besah mir stattdessen die Kapelle.

Da der Platz im Ganzen etwas begrenzt war, machte ich mir Sorgen, hier alle Gäste hinein zu bekommen. Es wäre schade, wenn nicht alle die Trauung sehen würden. Da ging mein Blick nach oben und ich sah eine Galerie.

„Kann man da auch hoch?", fragte ich und zeigte dort hin.

„Natürlich, wenn sie mehr Gäste haben als hier reinpassen, können wir gerne welche dort oben unterbringen." Er grinste über das ganze Gesicht.

Irgendwie erinnerte er mich an etwas, an was nur?

Er ging mit uns nach oben, sein Grinsen hörte nicht auf.

Der Blick von hier war grandios, zum ersten Mal fiel mir die Decke auf.

Dort war in der Mitte eine Gottesgestalt abgebildet, die aus den Wolken auf uns herab sah und lauter Engel um sich hatte.

„Die Akustik hier oben ist überwältigend, sehr gut geeignet für eine Gesangseinlage."

Er hörte nicht auf zu grinsen.

Jetzt hatte ich es, die Grinsekatze von Alice im Wunderland, an die erinnerte er mich.

Der einzige Unterschied war, dass man ihn die ganze Zeit im Ganzen sah und nicht hin und wieder nur den Kopf.

Toll, jetzt hatte ich dieses Bild im Kopf.

„Soll ich ihnen jetzt den Rest zeigen?" Er und Martin sahen mich erwartungsvoll an.

Ups, wieder mal etwas nicht mitbekommen, weil ich in Gedanken war. Das lag bestimmt an den vielen Torten, die ich immer noch nicht verdaut hatte. Ein Schnaps wäre jetzt nicht schlecht.

Damit es weiterging, nickte ich schnell. Wir bekamen alle Räumlichkeiten zu sehen.

An einigen Stellen wurde noch gebaut.

„Bis zur Hochzeit ist alles fertig, das verspreche ich."

Und dann kamen wir nach hinten in einen Garten.

Er erinnerte mich sofort an einen Prachtgarten in Schlossnähe, nur nicht so groß.

Einzelne Beete die mit Buchsbaumrabatten eingefasst waren und innen mit verschiedenen Blumen bepflanzt, waren zu sehen. Erkennen konnte ich Rosen, der Rest war mir fremd. Ich hatte keinen grünen Daumen und kannte mich nicht aus.

Alles war zu einer geometrischen Form angelegt, mit Wegen dazwischen.

Dazu gab es noch Rasen und Bäume, alles harmonisch aufeinander abgestimmt.

Von vorne sah man gar nicht, dass es den gab, und dass das Ganze so weit nach hinten reichte.

„Dieser Garten ist das Herzstück meiner Frau, sie hatte deswegen viele Diskusionen mit den Gärtnern." Er hatte unsere begeisterten Blicke wahrgenommen.

„Jetzt habe ich ihnen alles gezeigt. Nun lassen sie uns durchgehen was machbar ist."

Wir folgten ihm in sein Büro. Irgendwie erwartete ich jetzt von Spielkarten umgeben zu sein. Und dass ein weißer Hase an uns vorbei lief, denn auch jetzt grinste er. Doch das Schöne daran war, dass es echt wirkte und nicht aufgesetzt.

Irgendwie war dieser Mensch einfach nur glücklich und beseelt.

Lag es daran, dass er sich hier mit dem Ganzen einen Traum erfüllt hatte?

Sein Büro war gemütlich und nicht überladen. Zum Glück stand da nicht so ein protziger Schreibtisch aus dem 18. Jahrhundert, sondern ein Filigraner aus Glas und Metall. Und aufgeräumt war er, so wie sein Besitzer.

„Gut, dann möchte ich ihnen meinen Vorschlag noch einmal genau unterbreiten. Wir würden gerne die Hochzeit fotografieren und die Bilder für Werbezwecke nehmen. Dafür stellen wir eine Visagistin, einen Fotografen und die Dekoration in der Farbe ihrer Wahl, zur Verfügung. Außerdem biete ich ihnen das komplette Catering an, auch mit der Option dieses zu fotografieren. Wir würden ihnen deshalb diesen Preis anbieten." Er schrieb was auf einen Zettel und hielt uns das hin.

Da stand 25 Euro pro Person. Konnte das sein?

„Kurze Erklärung dazu, es handelt sich dabei einmal um den Sektempfang, gleich nach der Trauung. Dann die Hochzeitssuppe, die am Tisch serviert wird. Danach ein Büffet, bestehend aus kaltem Fisch, Fleischvariationen und Salaten, dazu verschiedene warme Fleischsorten, Gemüse, Beilagen und Nachspeisen." Und sein Grinsen blieb, also meinte er es ernst.

Martin und ich sahen uns an, konnte das wahr sein?

„Gut eins habe ich noch nicht erwähnt. Mir schwebt vor, das Ganze auch zu filmen und einen Werbefilm erstellen zu lassen, vielleicht schaffe ich es auch, das Fernsehen dazu zu bekommen. Dafür muss natürlich alles perfekt sein. Und für sie gäbe es dann auch einen Abzug des Films, versteht sich von selbst."

Jetzt machte er zum ersten Mal ein betrübtes Gesicht.

Würde es sich um meine Hochzeit handeln, ich wäre ihm sofort um den Hals gefallen.

„Gut, lassen sie mich einmal kurz die Kosten überschlagen. Sie sagten ca. sechzig Gäste kommen?"

Wir nickten.

„Also, hmm hmmm, ok, hmmm hmm."

Er brummelte vor sich hin und mich erinnerte es an das Schnurren einer Katze.

Hinweg ihr Bilder, schrie ich im Stillen.

„Ok, also ich mache ihnen dieses Angebot."

Er hielt uns einen Zettel hin und darauf standen zweitausend Euro.

Martin und ich sahen uns ungläubig an. Doch da stand es. Gerade mal zweitausend Euro sollte das alles hier kosten.

Leider konnten wir das nicht entscheiden.

„Das hört sich gut an, doch nun muss ich doch die Braut fragen, ob ihr das alles so recht wäre", nahm Martin mir die Worte aus dem Mund.

„Natürlich, ich mache ihnen einen Vorschlag. Ich lade sie zum Essen auf unserer Terrasse ein und sie können dann in Ruhe mit ihrer Freundin telefonieren, danach treffen wir uns wieder."

Hatte er das gerade gesagt? Uns zum Essen in diesem noblen Schuppen eingeladen?

Scheiß auf meine Diät. Gut, dass die App vorübergehend abgeschaltet war.

Ich würde sie nach der Hochzeit wieder anstellen, oder besser gleich neu starten.

Das Essen war fantastisch, ich nahm mir einen Loup de Mer auf einer mediterranen Gemüseplatte. Martin entschied sich für das Lamm.

Köstlich, so ein tolles Essen, danke Grinsekatze.

Als gefragt wurde, ob wir noch einen Nachtisch wollten, nahmen wir beide einen Eisbecher. Hier auf der Terrasse zu sitzen und so köstlich zu speisen, ein Traum.

Doch leider stand uns nun noch das Telefonat mit Christine bevor.

Dies überließ ich Martin. Zum einen konnte er besser erklären und zum anderen auch vermitteln.

Aber das Wichtigste, er war mit Christine nicht befreundet und musste sich nicht, sollte was schief gehen, die ganze Zeit das Gejammer anhören.

Doch oh Wunder, nachdem Christine sich alles in Ruhe angehört hatte, ohne einmal zu unterbrechen, war sie Feuer und Flamme.

Erst Recht als sie den Preis hörte und was damit alles verbunden war.

„Du sagst ich bekomme da auch Fotos und einen Film? Das ist ja phänomenal!"

Als Martin ihr den Vorschlag machte, sich das alles selber einmal anzusehen, kam als Antwort:

„Dafür habe ich keine Zeit, ich vertraue euch voll und ganz."

Nur bei der Farbwahl gab es einige Diskussionen. Christine sagte spontan:

„Also ihr wisst ja, ich hätte gerne alles in Rosa und Pink, voll Mädchen halt."

Wir brauchten beide etwas länger um ihr zu erklären, das sie ja nicht mehr voll Mädchen war.

Erst als ich Cindy aus Marzahn und ihren rosa Jogginganzug erwähnte, lenkte sie ein.

Wir einigten uns auf dezentes Lila.

Zurück im Büro des Besitzers, fragte ich mich, ob man ein Grinsen tätowieren konnte, denn es schien wie eingemeißelt zu sein.

„Wie hat ihnen das Essen geschmeckt?", wurden wir gleich wieder herzlich empfangen.

Nachdem wir beide von seiner Küche geschwärmt hatten, kamen wir gleich zur Sache.

Wir erklärten ihm, dass unsere Freundin einverstanden sei.

Er hatte schon einen Vertrag aufgesetzt und nach gründlichem durchlesen unterschrieben wir.

Mit der Farbwahl war er auch ganz zufrieden.

„Gut, dann werden wir uns noch öfter hören oder sehen. Ich werde alle Entscheidungen mit ihnen durch gehen, damit auch alles zur Zufriedenheit abgewickelt werden kann.

Und wenn dann die Auswahl der Speisen ansteht sehen wir uns zu einem Probeessen, davon würde ich wenn möglich auch Fotos machen lassen."

Gerne, da bin ich doch voll und ganz dabei, dachte ich mir nur.

Von dort aus fuhren uns noch die Kutsche ansehen.

Sie war in Schwarz gehalten und die Sitze in Rot bezogen.
Gezogen würde sie von zwei prachtvollen Rappen.

Da der Besitzer und Martin sich gut kannten machte er uns ein gutes Angebot.

Er wollte nur 300 Euro und wenn wir selber schmückten nur 200 Euro.

Ohne nachzufragen sagten wie zu.

Zufrieden mit unserem Tag fuhren wir zu mir und bei einer Tasse Kaffee hakten wir die erledigten Dinge in unserer App ab.

„Wow, fast alles erledigt. Es fehlt nur noch die Kutsche, die werden wir ähnlich der Location dekorieren, da frage ich dann noch nach." Martin notierte.

„Dann der Brautstrauß, ach herrjeh, den habe ich ja voll und ganz vergessen. Na, da rufe ich gleich morgen im Dostfried noch mal an und frage, ob man den nicht von den Floristen, die die Blumen zur Dekoration machen, mitgestalten lassen kann." Er schrieb, ich trank Kaffee.

„Gar nicht schlecht", er lehnte sich zufrieden zurück und ich beglückwünschte mich für die Idee, ihn mit ins Boot zu holen.

Am Abend stellte ich auch die Sport-App auf Pause und legte das Armband ab, war einfach besser so.

Jetzt hatten wir gerade einmal knapp zwei Wochen für die Vorbereitungen zur Hochzeit um, und schon alles in trockenen Tüchern.

Nachdem ich Martin noch einmal das Hochzeitskleid gezeigt hatte und wir die Tasche dazugaben, waren wir zufrieden. Martins einzige Feststellung war, als er das Kleid ansah:

„ Das für den Preis und dann auch noch frisch gereinigt."

Der Sonntag mit Bernd wurde dann wunderbar. Zuerst trafen wir uns wie verabredet bei Allens zum Brunch und zogen es in die Länge.

Bei den verschiedenen Speisen, die angeboten wurden, war das kein Problem und zu reden gab es auch genug.

Als der Brunch dann um 15 Uhr seitens des Cafés beendet wurde, gingen wir im nahe gelegen Park spazieren.

„Du ich bin wirklich ziemlich erledigt", sagte ich danach Ich hatte ihm ja schon von den letzten Tagen berichtet und er hatte vollstes Verständnis.

Ohne eine weitere Verabredung zu treffen, trennten wir uns mit ‚Küsschen Rechts-Links'.

Die Hochzeitsvorbereitungen wurden ruhiger. Leider sagten einige Leute ab, doch es hielt sich in Grenzen. Anhand der Geschenke-App konnten wir verfolgen, was gekauft wurde, denn das hakten diejenigen in der App gleich ab, so dass die Gefahr für doppelte Geschenke sehr gering war.

Martin und ich fuhren öfter in das Dostfried, um uns anzusehen, welche Dekoration ausgesucht wurde, wie die Tische nun stehen sollten und um den Hochzeitsstrauß mit auszusuchen. Selbst der war im Preis mit drinnen, musste er doch zu dem Rest passen.

Als wir fragten, ob wir von dem Tüll, der benutzt wurde, etwas abhaben könnten um die Kutsche damit zu dekorieren, wurde uns dieses auch abgenommen. Es sollte ja alles für die Fotos perfekt sein.

Martin übernahm dann auch die Aufgabe, mit Anton den Hochzeitsanzug zu kaufen. Dieser war dann ganz neu, denn Anton weigerte sich einen gebrauchten anzuziehen. Doch der Preis hielt sich in Grenzen, so dass wir das knappe Budget nur ein bisschen überzogen.

Eine Woche vor der Hochzeit fand dann das Probeessen statt. Christine weigerte sich dabei zu sein.

„Ihr macht das schon, war ihr knapper Kommentar."

Darum nahm ich Mark und Tanja mit und Martin seinen Freund Bernd.

„Guten Tag, sind das alle die zum Probeessen erscheinen?", wurden wir von einem netten Kellner begrüßt.

Als wir das bestätigten, wurden wir in einen kleinen Raum geführt.

„Dann servieren wir hier, da kommen sie sich nicht so verloren vor, wie in dem großen Raum. Und die Terrasse ist für so ein Probeessen gänzlich ungeeignet, man wird zu sehr abgelenkt. Sie sollen sich ja voll und ganz auf das Essen konzentrieren."

„Hallo, wie geht's?" Ach die Grinsekatze, dachte ich mir nur, als nun der Besitzer freudestrahlend zu uns kam.

„Für uns ist es auch das erste Probeessen und wir haben uns folgendes überlegt. Wir werden ihnen nach und nach kleine Häppchen der Speisen, die später auf das Buffet sollen, servieren. Hier haben sie dann eine Bewertungsliste, die jeder für sich bitte ausfüllt, unabhängig was der andere dazu sagt." Er verteilte Zettel.

„Diese werten wir dann aus und erstellen danach das Buffet, viel Spaß beim probieren. Und das ist Hr. Conrad, der Fotograf. Er wird in der Küche und hier Bilder machen."

Er schob uns einen netten Herrn hin, der eine Kamera um den Hals hatte.

Dann verschwand er, genau wie die Grinsekatze, ganz schnell von der Bildfläche.

Jetzt wurden uns nach und nach die Speisen auf kleinen Tellern serviert. Zuerst kam die Hochzeitssuppe, dann nach einer kurzen Pause alles für die Vorspeise.

Der Fotograf sprang zwischen Küche und Speiseraum hin und her.

Danach wurde wieder eine Pause eingelegt, die wir draußen in dem parkähnlichen Garten verbrachten. Dann kamen die Speisen für den Hauptgang.

Und wieder eine kurze Pause, die wir kaffeetrinkend auf der Terrasse genossen.

„Du hast mir noch gar nicht dein Kleid für die Hochzeit gezeigt", sagte dabei Martin zu mir und ich hätte mich fast an dem Kaffee verschluckt.

„Hast du etwa noch keins?", fragte er entsetzt und so laut, dass alle mich ansahen.

Mann! Ich hatte durch die ganze Vorbereitung glatt vergessen, mir ein Kleid zu kaufen.

"Na dann wird es aber Zeit, " kommentierte sofort Bruno, Marks Freund.

„Oh ja, das werden wir gleich morgen nach der Arbeit erledigen, keine Ausreden ich komme mit." Martin war da jetzt rigoros.

Wie konnte ich nur so was Wichtiges vergessen?

Ach egal, jetzt kam der Nachtisch. Und auch hier gab es ein gutes Angebot.

Auf meinem Zettel hatte ich alles nur positiv bewertet. Egal was uns serviert wurde, es war klasse. Ich schielte auf die anderen Zettel, denn wie vorher erklärt redeten wir nicht über unsere Bewertungen, es war nur ab und zu ein wohliges hmmm, zu hören.

Doch ich sah, dass es bei den anderen nicht viel anders aussah. Bei Mark konnte ich beim Fisch ein Minus erkennen, doch das lag daran, dass er generell keinen Fisch aß.

Nach der ganzen Esserei verabschiedeten wir uns und machten uns alle auf den Heimweg.

Kaum zu Hause angekommen, zog ich meine Sportsachen an, nahm meine Walkingstöcke, die schon leicht eingestaubt waren und wollte gerade los, da kam Mark aus seinem Zimmer. „Wo willst du denn jetzt hin?"

Ohne eine Antwort abzuwarten sagte er, nachdem er mein Outfit und die Stöcke begutachtet hatte:

„Und du glaubst, das hilft dir noch?" Er lachte und ging zurück in sein Zimmer.

Klar war ich mir bewusst, dass es nicht wirklich helfen würde, um morgen besser in ein Kleid zu passen. Doch es erleichterte mein Gewissen.

Beim Walken ließ ich meinen Gedanken freien Lauf.

Wie wunderbar doch alles mit den Hochzeits-Vorbereitungen geklappt hatte.

Und dann dachte ich an Bernd. Er hatte sich in der ganzen Zeit immer wieder mal über WhatsApp gemeldet und wir hatten auch telefoniert. Doch er hatte Rücksicht darauf genommen, dass ich im Moment wegen der Hochzeit völlig eingespannt war und nicht nach einem weiteren Treffen gefragt.

Und plötzlich merkte ich ein Kribbeln im Bauch, und das lag nicht daran, dass ich mich mittlerweile auf die Hochzeit freute.

In mich hinein grinsend machte ich meine Runden. Und ich dachte wieder an die Grinsekatze von Alice im Wunderland, doch diesmal war ich sie.

Leise summte ich das Lied „Over the Rainbow"… War das eigentlich von ‚Alice im Wunderland', oder doch eher von ‚Der Zauberer von Oz'?

Ach egal, das Lied war klasse.

„Hast du dir schon überlegt, wo wir gleich nach einem Kleid schauen können?", fragte Martin mich ohne Umschweife, als wir uns zur Pause trafen.

Ich schüttelte den Kopf, um zu verneinen.

„Gut, dann fahren wir als erstes zu dem Brautmodengeschäft." Er ließ keinen Kompromiss zu.

Den ganzen restlichen Arbeitstag sah ich vor meinem geistigen Auge so fürchterliche Kleider, wie man sie aus amerikanischen Filmen kennt und in die die Brautjungfern sich zwängen mussten. Mir wurde ganz übel bei dem Gedanken an den ganzen Tüll und Muff und Spitze.

Als wir dann nach Feierabend zu dem Geschäft fuhren, war ich verdächtig leise. Das lag auch daran, dass ich nicht wusste, wie es um mein Gewicht stand.

Mit dem Abschalten der App hatte ich auch die Waage gemieden. Und wenn ich nun an das ganze Essen dachte, das ich so vertilgt hatte, wurde mir übel.

Hätte ich mich doch besser gestern noch gewogen.

Hätte, hätte Fahrradkette.

Jetzt war es dafür zu spät, nun musste ich da durch.

Im Brautmodengeschäft fragte ich erst einmal nach, ob man auch schon was dafür bezahlen musste, wenn man sich selber umschaute.

Die nette Verkäuferin verneinte, das wäre nur bei einer intensiven Beratung der Fall.

Also sahen wir uns um.

Es gab Einiges an Auswahl für Brautjungfern oder Trauzeuginnen. Da die Dekoration in Lila gehalten war, orientierten wir uns danach.

Ein großer Teil, besser gesagt der größte Teil, war so pompös, wie ich es mir vorgestellt hatte und mir wurde schlecht.

Dann sah ich es: Ein bezauberndes Kleid in einem leichten Fliederton, nicht übertrieben, sondern schlicht geschnitten.

Das war es, das wollte ich haben.

Als ich auf das Etikett schaute fiel meine Kinnlade runter.

Es war in Größe 38.

Wenn ich alles glaubte, dann aber nicht, dass ich da reinpassen würde.

Nachdem ich alle Kleider durchgesehen hatte, war das Größte leider nur in 44 zu haben. Und ich brauchte mindestens Größe 48, wenn nicht mittlerweile sogar 50.

Als ich die Verkäuferin darauf ansprach, ob sie dieses Kleid vielleicht auch in Größe 48 hätte, sah sie mich abschätzend von oben bis unten an.

„Soll das für sie sein?"

„Nein, für meinen schwulen Freund", antwortete ich gereizt. Martin verzog dabei keine Miene und die Verkäuferin überging es einfach. Sie war von Bräuten sicher Schlimmeres gewohnt.

„Probieren sie doch einfach mal das an, was sie in der Hand haben."

„Aber das ist Größe 44."

„Glauben sie mir, die fallen größer aus", beteuerte sie daraufhin.

Nun gut, sie will mich demütigen. Mit diesen negativen Gedanken verschwand ich in der Umkleide. Murrend vor mich hin brummelnd zog ich mich aus und machte mich auf einen Kampf mit dem Kleid gefasst.

Gleich würde ich mit den Armen nach oben hängen bleiben und bei dem Versuch, es wieder auszuziehen, mich weiter hineinzwängen. Dann müsste ich die Verkäuferin rufen um wieder rauszukommen. Ich glaube, das ist die Genugtuung dieser Spezies.

Während ich diese schlechten Gedanken hatte, fiel mir gar nicht auf, dass das Kleid ohne Probleme an mir runtergerutscht war und nun saß wie angegossen.

„Nun kommen sie schon raus, dann schließe ich ihnen das Kleid und wir schauen mal", rief die Verkäuferin, als hätte sie durch den Vorhang sehen können.

Gleich nachdem ich aus der Kabine getreten war, zog sie den Reißverschluss zu, ohne dass es einmal zwickte. Dann zupfte sie an der Länge etwas herum.

„Moment ich hole mal Schuhe. Welche Größe? Hohe oder halb Hohe?"

Und schon verschwand sie, als ich ihr geantwortet hatte.

„Na, das ist doch dein Kleid." Martin war hellauf begeistert.

Mir hatte es immer noch die Sprache verschlagen.

Nachdem die Verkäuferin mir beim Anziehen der Schuhe geholfen hatte, zog sie wieder ein wenig an der Länge des Kleides.

„Ein ganz klein wenig würde ich es Kürzen, das ist im Preis enthalten, dann sitzt es perfekt."

Sie steckte auch gleich das Kleid ab und half mir dann beim Ausziehen.

Da fiel mir ein, dass ich noch gar nicht nach dem Preis gefragt hatte.

Sie schaute auf das Schild. „Also, das ist runter gesetzt auf 249 Euro und auf alle reduzierte Ware gibt es diese Woche noch mal 50 %, das macht dann," sie tippte was in ihren übergroßen pinkfarbenen und mit Strass besetzten Taschenrechner rein, „124,50 Euro, da machen wir dann eine gerade Summe draus, also 120 Euro."

Sie sah mich erwartungsvoll an. Da konnte ich nur noch stumm nicken, so überwältigt war ich, hatte ich doch mit einer ganz anderen Summe gerechnet.

Wir ließen das Kleid, nachdem ich bezahlt hatte, dort, damit es gekürzt werden konnte und mir wurde versichert, es wäre am nächsten Tag fertig.

Nach diesem Erfolg lud ich Martin zu einem Eis ein.

Diesmal trank ich nur Wasser, wollte ich mir doch meinen Erfolg nicht gefährden.

Zu Hause stand ich dann unschlüssig vor der Waage.

Sollte ich es wa(a)gen mich draufzustellen?

Vielleicht waren die Kleider ja so preiswert, weil die Größe falsch ausgezeichnet war?

An meiner Unterlippe nagend wägte ich ab.

Soll ich oder soll ich nicht?

„Was machst du da drin? Ich muss mal", rief Mark und hämmerte gegen die Tür.

Energisch schob ich die Waage wieder unter den Schrank, raus aus meinem Blickfeld.

Aus Alibigründen drückte ich die Spülung und öffnete dem schon hin und her wippenden Mark die Tür.

Hätte ich das gewusst, dann hätte ich mir noch länger die Hände gewaschen.

Am Abend rief ich Christine an.

„Hallo, wann kommst du vorbei, damit wir das Kleid noch einmal anprobieren können? Sicher ist sicher!", fiel ich gleich mit der Tür ins Haus.

„Du hast recht, " sie überlegte.

"Am besten morgen Nachmittag."

Wir legten eine Uhrzeit fest.

„Gut, bringst du bitte noch den Plan mit, wer mit wem und wo sitzt?"

„Ähh, habt ihr ihn nicht gemacht?"

Kam da von ihr.

„Nein."

„Und auch keine Namenskärtchen?", war ihre nächste Frage.

„Auch nein, das wolltest du machen."

Sie bestritt dies vehement.

„Gut, dann bring morgen die Namensliste mit. Dann machen wir das zusammen. Ich weiß nicht, wer mit wem kann und wer nicht", sagte ich sofort. Sie sollte bloß nicht auf den Gedanken kommen, mir das zu überlassen.

Zum Glück hatte ich den Plan, wie die Tische stehen würden, nur kopiert und ihr nicht das Original gegeben. Sie wusste nicht wo ihrer war, als sie am nächsten Tag kam.

Das Kleid passte zum Glück noch. Schuhe dafür hatte sie sich tatsächlich selbst gekauft, sie passten sehr gut dazu.

Als „Altes" sahen wir das Brautkleid an, denn es war ja gebraucht gekauft, als was „Neues" hatte Christine sich eine Perlenkette gegönnt. Und als was „Blaues" nahmen wir das Strumpfband, denn es hatte eine blaue Spitzenverzierung.

Den Sitzplan zu erstellen erwies sich als schwieriger als gedacht und ich war manchmal drauf und dran, ihr den Hals umzudrehen. Immer wieder schmiss sie alles über den Haufen. Der konnte nicht mit dem, das ging auch nicht und da musste man aufpassen.

Am Abend hatten wir es geschafft und ich war mit meinen Nerven am Ende.

Einen Tag vor der Hochzeit, also am Freitag, fuhren Mark und ich zum Dostfried.

Wir hatten mittlerweile die Namenskärtchen geschrieben und verteilten sie auf den Tischen. Diese waren gerade für den nächsten Tag frisch eingedeckt worden und der ganze Saal war festlich geschmückt.

Auch die ehemalige Kapelle, jetzt Trauraum war fertig.

Einfach himmlisch, so würde ich mir meine Hochzeit auch wünschen.

Als ich damals geheiratet hatte, fand die Trauung in einem schlichten Raum im Rathaus statt. Da ich hochschwanger war, gab es nur ein kleines Essen mit Eltern und Trauzeugen, mehr nicht.

Am nächsten Tag lag ich im Kreißsaal und entband meinen Sohn, mein Mann lag noch betrunken vom Vortag im Bett.

Doch das hier war alles klasse. Nun hoffte ich, dass Christine das würdigen würde.

Als wir gingen, nahm ich den Brautstrauß mit, der zu dem restlichen Blumenschmuck passte.

Dann fuhren wir noch zu Martins Freund, der die Kutsche stellte. Auch sie war passend zu allem geschmückt.

„Sollte das Wetter nicht mitspielen, wir haben ein Verdeck." Er deutete darauf und nahm uns so wieder eine Sorge.

Jetzt konnte der nächste Tag kommen.

Obwohl alles so super vorbereitet war, konnte ich kaum schlafen.

17. Die Hochzeit,
oder alles besser als gedacht.

Schon um acht Uhr trudelte Christine mit ihrer Mutter bei mir ein.

Kurz darauf stand auch die Visagistin in der Tür.

Damit wir wenigstens etwas im Magen hatten, stellte ich belegte Brötchen auf den Tisch und bediente alle mit Getränken.

Nach dem ersten Bissen stießen wir mit Crémant an. Christine kam dann als erste dran.

Zuerst die Haare, dann schminken. Das Brautkleid anzuziehen war leichter als gedacht. Um es nicht zu beschmieren, wurde ein großes Tuch locker über das Gesicht gelegt und das Kleid vorsichtig darüber gleiten gelassen.

Die Visagistin hatte Übung darin. Danach schminkte sie Christines Mutter. Da kamen dann auch schon Martin und Bernd, die Mark abholten. Sie fuhren schon mal vor, um dort alles zu managen.

Während man der Braut den Schleier aufsetzte, zog ich mich um. Dann wurde auch ich geschminkt.

Mittlerweile hatten wir das dritte Glas Crémant vor uns.

Kaum war ich fertig, ging es auch schon los.

Die Visagistin fuhr sofort zum Restaurant Dostfried, um da noch an den Männern Hand anzulegen.

Für uns stand vor der Tür die wunderschön geschmückte Kutsche. Sie wurde von zwei Rappen gezogen.

„Hättet ihr nicht weiße Pferde nehmen können?", war Christines schnippischer Kommentar, „so sieht es doch nach einem Trauerzug aus."

„Sorry uns ist die weiße Farbe ausgegangen." Diesen bissigen Kommentar konnte ich mir nicht verbeißen.

Sie muss gemerkt haben, dass ich wütend wurde, denn sie lenkte schnell ein.

„Na ja, die Kutsche ist ja hübsch geschmückt."

Der Kutscher half uns drei Frauen in die Kutsche.

Die Braut als erste, die Mutter daneben und ich gegenüber. Christines Mutter konnte nicht gegen die Fahrtrichtung sitzen und wir wollten vermeiden, dass sie sich übergeben musste.

Nach Christines schnippischer Bemerkung hinsichtlich der Rappen, war ich schon versucht, es darauf ankommen zu lassen.

Augen zu und die Kutschfahrt genießen, dachte ich mir.

Mein Handy hatte ich griffbereit, denn falls ein Notfall eintreten sollte, würde Martin mich anrufen.

Ich schickte nur eine kurze WhatsApp, dass wir losfuhren. Als ein 'OK' zurückkam, wusste ich, alles läuft.

Die Fahrt genoss ich voll und ganz und Christine erst! Ich konnte sie kaum davon abhalten, wie die Queen mit der Hand zu winken. Winken ja, aber nicht wie die Queen!

Vor dem Restaurant wurden wir von Martin, Christines Onkel, dem Chef des Dostfried, der Visagistin und dem Fotografen empfangen. Alle anderen warteten in der Kapelle.

Der Besitzer des Restaurants führte Christines Mutter in den Trauraum zu ihrem Platz.

Nachdem die Visagistin kontrolliert hatte, ob bei uns noch alles saß, hakte sich Christine bei ihrem Onkel ein.

Da ihr Vater leider schon verstorben war, übernahm der Onkel nun die Rolle des Brautführers, um diese dem Bräutigam zu übergeben.

Dahinter kamen Martin und ich, Seite an Seite und so marschierten wir ein, sobald der Hochzeitsmarsch erklang.

Zum Glück war der Schleier nicht so lang, dass wir dafür noch jemanden gebraucht hätten.

Was für ein Moment! Der Bräutigam war so überwältigt, dass er Tränen in den Augen hatte. Bei Christines Mutter liefen ganze Bäche und auch einige der Gäste tupften ihre Augen.

Es war feucht in der ehemaligen Kapelle.

Nachdem der Onkel Christine an Anton gereicht hatte, begann der Standesbeamte mit seiner Rede. Als erstes bat er alle, ihre Handys auszuschalten. Sofort begann ein Gewusel.

Ich hatte meins schon in der Kutsche komplett ausgeschaltet, um auf Nummer sicher zu gehen.

Der Fotograf huschte nur so herum, doch in einer Art, dass er nicht störte.

Die Trauung war wirklich wunderbar, doch leider so schnell vorbei.

Wir hatten auch eine Sängerin organisiert, die außer „Send me an Angel" auch „Over the Rainbow" sang.

     Alice im Wunderland ließ bitten, oder doch der Zauberer von Oz?

Ich nahm mir vor, dass ich das mal googeln wollte.

Nach der Trauung ging es erst einmal auf die Terrasse, auf der der Sektempfang stattfand. Nachdem alle gratuliert hatten, wurde ein Gruppenfoto gemacht. Der Fotograf forderte das Brautpaar, die Trauzeugen und die Brautmutter auf, ihm in den parkähnlichen Garten zu folgen, um die Brautfotos zu schießen.

Erst da bemerkte ich jemanden mit einer Kamera auf der Schulter, also wurde auch gefilmt.

In der Zwischenzeit kümmerte sich Martin um die anderen Gäste. Auf der Terrasse wurden noch immer kleine Häppchen gereicht.

Als die Fotos im Kasten waren, zogen wir alle hinter dem Brautpaar in den festlich geschmückten Saal.

Christine war begeistert. Sie drehte sich zu mir um und sagte mit einem Glänzen in den Augen:

„Ich komm mir vor wie Alice im Wunderland."

Nee, echt jetzt?

Ich sah zu der Grinsekatze, dem Chef des Dostfried, und er grinste wirklich über beide Ohren. Fehlten nur noch die Spielkarten! Auf die böse Königin verzichtete ich gerne.

Die Feier war toll. Außer der Sängerin hatte Martin noch einen Alleinunterhalter aufgetrieben, der alles managte.

Und neben dem Eröffnungstanz des Brautpaares kamen noch einige Spiele hinzu. Außerdem bat er alle Gäste, die mit ihren Handys Fotos von der Hochzeit gemacht hatten, diese an eine bestimmte eMail-Adresse zu senden, um daraus noch ein Video erstellen zu können.

Alles in allem war es ein gelungener Tag.

„Das haben wir echt toll gemacht", sagte Martin abends zu mir, als wir der Gesellschaft beim Tanzen zuschauten.

„Ja." Mehr brauchte ich dazu nicht zu antworten.

Als es draußen schon dunkel wurde, kam die Grinsekatze. Seinen richtigen Namen hat er irgendwie nie gesagt, oder ich habe es wegen dem Grinsen nicht mitbekommen. Er bat uns alle nach draußen auf die Terrasse.

Da es die erste Trauung in seinem Hause war, hatte er noch eine Extra-Überraschung für das Brautpaar: Kaum waren wir draußen, begann ein Feuerwerk.

Jetzt kamen mir auch die Tränen.

Da die Feier bis in die Morgenstunden dauerte, fiel ich wie ein Brett ins Bett.

Das Brautpaar würde montags in die Flitterwochen fahren. Martin und ich hatten noch den Auftrag erhalten, uns um die Danksagungen zu kümmern.

Als wir dafür an meinem Küchentisch saßen, sagte Martin zu mir:

„Danke noch mal für die wunderbare Chance, diese Hochzeit ausrichten zu dürfen."

„Ich habe zu danken für deine Hilfe", entgegnete ich.

„Nein wirklich. Nicht nur, dass ich mich gefühlt habe wie ‚Froonk', ich habe auch Anfragen zu weiteren Vorbereitungen für Hochzeiten erhalten."

„Echt jetzt?" Ich sah in erstaunt an.

„Ja. Da ich ja weiß, dass es nicht wirklich dein Ding ist, habe ich dich nicht gefragt, ob du mir helfen möchtest."

„Danke", sagte ich sofort. Denn das musste ich mir kein zweites Mal antun.

Gut, zu den Probeessen würde ich mich ja noch überreden lassen, doch das sagte ich nicht.

Damit beendeten wir auch das Thema und ich war froh darüber.

Nach dem ganzen Stress mit der Hochzeit ließ ich mir noch ein paar Tage Zeit, bis dass ich meine Apps wieder aktivierte und mein Sportprogramm auch wieder richtig aufnahm.

Auf die Waage stellte ich mich trotzdem nicht, auch wenn ich das Gefühl hatte, dass meine Hosen anfingen zu rutschen.

Als meine Mutter dann aber an einem meiner doch selten gewordenen Besuche fragte, ob ich abgenommen hätte, stand ich kurz davor es doch zu tun.

Nein ich wollte mir die Laune einfach nicht verderben.

18. Ein Schnupfen kommt selten allein,
oder wie ich eine freudige Nachricht bekam.

Als ich an den Briefkasten ging, um meine Post abzuholen, zog ich eben nur die Fleecejacke über den Schlafanzug, schließlich war ich krank, hatschiiiii.
Ich hätte nicht auf mein Armband hören sollen und bei Regen walken gehen.
Als Mutter hätte ich dies meinem Sohn verboten und was mache ich?
Es war einiges im Briefkasten, die Werbezettel schmiss ich gleich in den dafür vorgesehenen Karton, der in der Ecke stand. Hier hatte die WG von ganz oben echt eine gute Idee.
Zwar hatten sie die nur, weil sie keine Lust hatten den ganzen Müll mit nach oben zu schleppen, nur um ihn dann eh wieder mit runter nehmen zu müssen. Doch am Anfang haben sie uns das anders verkauft. Sie sind von Tür zu Tür gegangen und haben uns begeistert von ihrer Idee erzählt und dass ja jeder gleich den Papiermüll hineingeben kann und nicht erst mitnehmen müsste. Sie würden ihn auch immer leeren.
Das taten sie auch am Anfang, doch bald trugen auch andere Mitbewohner ihn raus.
Und zwar immer dann, wenn der Karton überquoll, und das kam immer öfter vor.
Ich sah meine Post durch, die Werbung flog gleich in den Müll, alles andere nahm ich mit.

In der Wohnung angekommen, legte ich sie erst einmal auf den Tisch und machte mir einen Tee. Meine Nase lief und mein Kopf schien zu platzen. Meinen Tee nahm ich mit zum Bett und stellte ihn auf den Nachtschrank. Ich warf mir eine Grippetablette ein und legte mich hin. Nach kurzer Zeit war ich eingeschlafen.

„Mama, Mamaaaaa, wo bist du?"

Ich öffnete nicht einmal die Augen, sondern zog mir die Decke bis nach oben. Ich wollte nur weiter schlafen. Mark kam ins Schlafzimmer und als er mich so sah, schloss er leise wieder die Tür. Ich hörte ihn etwas aus der Küche holen und dann in sein Zimmer verschwinden. Ich schlief wieder ein.

Irgendwann wurde ich wieder wach, weil ein völlig aufgeregter Junge meine Schlafzimmertür aufriss und schrie:„Mama, du hast gewonnen."

Er rüttelte an mir. „Hallo hörst du mich? Du hast gewonnen."

Ich öffnete meine total verquollenen Augen und grunzte nur. „Ich komm gleich."

Mark sah mich kurz an und ich merkte, dass es in seinem Kopf arbeitete, doch dann ging er.

Ich zwang mich aus dem Bett und schlürfte ins Badezimmer.

Bevor ich in die Küche ging wusch ich mir das Gesicht, damit ich überhaupt etwas sehen konnte. Dann schlürfte ich in die Küche. Dort saß Mark am Küchentisch und wedelte mit einem Brief.

„Hier du hast gewonnen."

„Wieso machst du meine Post auf?" fragte ich vorwurfsvoll krächzend.

„Na weil es ein blauer Brief war und das heißt ja nichts Gutes."

„Warum wartest du auf einen? " Ich zog meine Strickjacke, die ich mir übergeworfen hatte, enger um meinen Körper, weil ich fror.

„Nööö, nicht wirklich. " zog Mark den Satz in die Länge.

Da mir immer noch der Kopf pochte und nun auch der Hals weh tat, sagte ich nichts dazu. Ich machte mir einen Tee und als das heiße Wasser in der Tasse war, schlürfte ich wieder in mein Schlafzimmer.

„Ich schau mir das später an", und schon schloss ich meine Tür.

Als ich die Tasse auf meinen Nachtschrank stellen wollte, sah ich die alte Tasse, in der noch immer der Teebeutel steckte und von der ich nichts getrunken hatte.

Stöhnend stellte ich sie auf den Boden, um der neuen Tasse Platz zu machen. Dabei schwappte mir etwas Tee auf den Teppich, doch das war mir egal.

Erst drei Tage und jede Menge Teetassen später war ich in der Lage etwas länger aufzubleiben.

Mark hatte sich in der Zeit alleine versorgt, was an unserer Küche nicht spurlos vorbei gegangen war.

Der Stapel Post auf dem Tisch war auch gewachsen. Mark hatte sie mit hochgebracht, doch da er sie nicht wie ich unten aussortierte, war einiges an Müll dabei.

Doch einen hatte er separat auf's Sideboard gestellt, den blauen Brief.

Diesen nahm ich mir zur Hand, nachdem ich mir ein Toastbrot gemacht hatte.

Es war wirklich eine Gewinnbestätigung, dass ich an einem Gewinnspiel teilgenommen hatte, war mir gar nicht bewusst.

Ich lass mir den Brief durch.

Sehr geehrte Frau Gunterman,
sie haben unsere App heruntergeladen und
bereits in der ersten Woche 30000 Punkte
gesammelt. Damit haben sie automatisch an
unserem Gewinnspiel teilgenommen und den
2. Preis gewonnen.
Wir beglückwünschen sie zu einer Woche auf
Mallorca im Hotel „El-Interior".
Dieser Gewinn ist nicht Termingebunden, doch
sollte in ihrer gewünschten Zeit nichts frei sein,
so bitten wir sie, zu einer anderen Zeit zu
buchen.
Mit freundlichen Grüße

Nachdem ich den Brief gelesen hatte, drehte ich ihn hin und her.

Da schien wirklich kein Haken dran zu sein.

Nur welche App konnte das denn gewesen sein?

Da fiel mir die Einkaufsapp ein. Als ich einen Arzttermin hatte und so meine gefühlte dreißigste Frauenzeitschrift in den Händen hielt, las ich von dieser App.

Ich schaute mich verstohlen um. Da jeder zweite mit einem Smartphone beschäftigt war, holte ich auch meins aus der Tasche.

Eigentlich wollte ich mir nur die App einmal ansehen, doch ehe ich mich versah, hatte ich sie runtergeladen.

Und genau in dem Moment kam ich an die Reihe und vergessen war die App.

Doch wo hatte ich nur so viele Punkte gesammelt?

Wenn ich mich recht entsann, dann sammelte man Punkte, wenn man bestimmte Geschäfte betrat und noch welche wenn man Dinge scannte.

Und kurz nach dem Arztbesuch ging der Stress mit Christines Hochzeitsvorbereitungen los. Da waren wir jeden Tag stundenlang von Geschäft zu Geschäft gezogen und ich habe jede Menge Dinge gescannt, die sie sich überlegte zu kaufen oder schenken zu lassen.

Ich grinste. Danach hatte der Stress sich ja doch gelohnt.

Den Brief stellte ich wie einen Schatz wieder auf das Sideboard und sah mich in der Küche um.

Zuerst überlegte ich aufzuräumen, doch schnell besann ich mich eines besseren. Das würde ich später mit Mark zusammen machen und wehe er weigerte sich. Dann würde ich auch sein Zimmer verwüsten, wäre nicht das erste Mal.

Als ich daran dachte, musste ich grinsen.

Mark war ca. zehn Jahre alt gewesen, als ich damit anfing.

Er hatte mit seinem Freund Günther unbedingt was kochen wollen. Es war zwar nur eine fertig Pizza die in den Ofen musste, doch da sie sie noch mit mehr belegten wies eh schon drauf war, sah die Küche aus als hätte eine Bombe eingeschlagen.

Sie wollten es, wie schon so oft, mir überlassen aufzuräumen.

Das nächstemal hatte Mark drei Freunde eingeladen, um sich mit ihnen das Weltmeisterschaftsfinale bei uns anzusehen und wie es sich dabei gehörte, standen jede Menge Leckereien und Getränke bereit.

Nach dem Spiel lag alles im Wohnzimmer verteilt, einschließlich der Cola.

Drei oder viermal hatte ich den Spieß umgedreht und sein Zimmer verwüstet. Einmal so sehr, dass er nicht mehr ins Bett konnte. Danach begriff er, dass ich es ernst meinte und seitdem reichte eine Androhung und er half mit. Manchmal räumte er auch selber auf.

Ich schlürfte ins Wohnzimmer auf die Couch und machte mir den Fernseher an.

Nachdem ich etwas rumgezappt hatte und nichts Gutes fand, machte ich ihn wieder aus.

Der Gewinn ging mir nicht mehr aus dem Kopf.

Ich war schon einige Male auf der Insel gewesen und hatte sie lieben, aber auch hassen gelernt.

Je nach dem wo und mit wem ich dort war.

Als Mark noch klein war bin ich einmal mit ihm in einem Hotel in Cala Ratjada gewesen.

Es war wirklich ein sehr kinderfreundliches Hotel und vor allem ‚All-Inklusive', so dass nicht viele weiter Kosten auf mich zukamen und ich es wirklich ohne Sorgen genießen konnte.

Dann war ich einmal mit dem ‚Verein Alleinerziehender' auf der Insel. Zum Glück war es nur ein Wochenende. Unsere Kinder waren in der Zeit im Schwarzwald und wir in Palma.

Sechs Frauen und ein Mann, und dann am Ballermann. Hier war es, wie man es aus dem Fernsehen kannte. Mir war es nur peinlich und jedes Mal, wenn wieder so eine Fahrt anstand, lies ich mir was einfallen, warum ich nicht mitkonnte.

Doch wo war Llucalcari?

Und wo war mein Smartphone? Erst jetzt fiel mir auf, dass ich es schon seit Tagen nicht mehr gesehen, geschweige denn gehört hatte.

Nach kurzem Überlegen fiel mir ein, dass ich an dem Tag, als ich krank nach Hause kam, fix und alle gewesen war.

Gleich von der Arbeit aus bin ich zum Arzt gegangen und der hatte mich sofort für zwei Wochen krankgeschrieben.

„Mit so einer Grippe ist nicht zu spaßen. Hinlegen, viel trinken und schlafen, nur im Notfall nimmst du eine von den Grippetabletten, die ich dir aufschreibe. Und erst wenn es besser wird gut angezogen mal ein Stündchen nach draußen gehen."

Mein Hausarzt war noch von der alten Schule, auch wenn er alt war, ich fand ihn klasse.

Mir graute schon davor, wenn er einmal in Rente gehen würde.

Als ich dann nach Hause kam, legte ich nur alles ab und ging ins Bett.

Also musste mein Smartphone in meiner Handtasche sein.

Ich machte mich auf die Suche nach ihr und fand sie im Flur unter meiner Jacke am Haken. Nach kurzem Wühlen fand ich mein Smartphone. Ich hatte es nicht in das dafür vorgesehene Smartphonefach gesteckt, sondern einfach in der Eile in die Mitte geworfen.

Beim Arzt hatte ich Mark eine WhatsApp geschrieben.

>Bin beim Arzt<

Als ich es jetzt anmachen wollte, tat sich nichts, es war vollkommen leer. Also kam es erst einmal ans Netz.

Beim Reinstellen ins Ladegerät, das auf dem Sideboard stand, fiel mein Blick wieder auf den Brief mit dem Gewinn.

Ich ging ins Wohnzimmer zum Bücherregal und nahm den Reiseführer von Mallorca raus. Damit setzte ich mich in den Sessel und suchte als erstes den Ort Llucalcari.

Total vertieft in den Reiseführer und von der Insel träumend saß ich immer noch im Sessel, als Mark nach Hause kam.

„Hallo Schatz, ich bin hier." rief ich immer noch heiser.

Mark knallte seine Tasche in die Ecke und ich hörte auch seine Jacke auf den Boden fallen. „Du sollst mich nicht immer Schatz nennen, stell dir vor ich bring jemanden mit, was soll sie denken?" Mit den Worten kam er ins Wohnzimmer und ließ sich auf die Couch fallen.

„Sie?" fragte ich.

„Na ja oder er, " er grinste verschmitzt.

Ich grinste zurück. „ Du hast also den Brief endlich gelesen", er zeigte auf den Reiseführer. „Ja habe ich und dabei zufälligerweise die Küche gesehen."

„Bevor du irgendwelche Drohungen ausstößt, ich helfe dir beim aufräumen."

Geht doch, dachte ich, doch ich sagte.

„Du bist zu großzügig."

Als ich aufstand folgte Mark meinem Beispiel und wir gingen in die Küche.

Gleich machten wir uns an die Arbeit. Als ich die Spülmaschine öffnete war sie leer.

Ich machte einen tiefen Atemzug.

„Ist ja gut, reg dich nicht auf." Mark wusste sofort was los war. Er begann das dreckige Geschirr zusammen zu suchen. Die Reste von den Tellern kratzte er in den Mülleimer, ich räumte die Spülmaschine ein.

„Holst du bitte noch meine Tasse aus dem Schlafzimmer?" bat ich ihn.

Mark ging. „Welche von den etwa zehn soll ich mitbringen?" fragte er frech aus dem Schlafzimmer heraus.

Ich grinste in mich rein. „Einfach alle", antwortete ich.

Nachdem die Spülmaschine voll war und ich sie angemacht hatte, räumte ich den Rest, der nicht mehr hineingepasst hatte, einfach obendrauf und wischte den Tisch und die Arbeitsflächen ab.

„Pizza?" fragte ich. „Was sonst." Mark hatte schnell das Telefon in der Hand.

„Was willst du?"

„Einfach eine mit Schinken", sagte ich mit belegter Stimme. Umso mehr ich redete umso heißerer wurde ich. Mark bestellte bei unserer Lieblings-Pizzeria. Er brauchte nicht einmal die Adresse anzugeben, die kannten sie schon.

Nachdem ich mich an den Tisch gesetzt hatte, nahm ich mir die Post vor.

Das meiste war Werbung.

Eine Telefonrechnung, die eh abgebucht wurde, dann eine Benachrichtigung von meiner Bank, dass das mit dem Kredit jetzt erledigt sei.

Gott sei Dank.

Und eine Danksagungskarte von Christine, wurde auch Zeit. Moment mal, hatte ich mir echt selber eine geschickt?

Als ich sie genauer las sah ich, dass sie von Martin war, mit einem dicken Grinsegesicht. Da musste ich gleich an den Besitzer des Dostfried denken.

Mark brachte seine Tasche in sein Zimmer, dass er die Jacke Aufhängte, hörte ich nicht.

Ich schlürfte in den Flur, hängte seine Jacke auf, holte mein Portmoney aus der Tasche und legte Geld auf das Schränkchen.

All das ist schon zu einem Ritual geworden, dachte ich mir. Echt erschreckend, ich sollte wieder öfter kochen.

Doch selbst die FF-App hatte es nur für eine kurze Zeit geschafft, dass ich frisch kochte, dachte ich grinsend.

Egal, man kann ja nicht sein ganzes Leben über den Haufen schmeißen.

Als die Pizza kam nahm Mark sie wie immer in Empfang.

Ich hatte uns schon Teller und Besteck auf den Tisch gestellt und holte jetzt noch Getränke aus dem Kühlschrank, für Mark eine Cola und mir Wasser.

Die Pizza war wie immer schon geschnitten. Wir aßen zuerst schweigend.

Ich genoss es, nach der langen Zeit etwas Anständiges zu essen. Doch nach zwei Stück war ich schon satt, außerdem fiel mir das Schlucken schwer.

„Ist das alles?" fragte Mark, als ich den Teller weg schob.

„Ja, ich schaff nicht mehr. Du kannst gerne was haben, doch lass mir noch zwei bis drei Stück für später."

„Klar kein Problem." Mark nahm sich schmatzend prompt ein Stück von meiner Pizza.

„Sag nun, fährst du denn jetzt nach Malle?"

„Was?" Ich war gerade ganz in Gedanken.

„Na, wann du die Reise antrittst?" Mark kaute noch am letzten Stück.

„Da muss ich nachsehen, wann ich Urlaub geplant habe."

„Dann mach das mal, dann kannst du gleich buchen."

„Dafür muss ich in meinen Kalender schauen", damit meinte ich den im Smartphone.

Ich stand auf und nahm es von der Ladestation und schaltete es ein. Dann entsperrte ich es. Sofort bimmelte es in allen möglichen Tönen.

In den Tagen, die es aus war, hatte sich vieles angesammelt und ich erschrak.

„Man was ist das denn für ein Konzert?" fragte Mark.

„Ich hatte es in der Zeit, als ich im Bett lag, nicht an.

„Das merkt man, was ist jetzt mir Urlaub?"

Ich machte auf dem Smartphone meinen Kalender auf und blätterte durch.

Ich fand das nach wie vor unübersichtlich und brauchte eine Weile, bis ich was fand.

„Ich habe vom ersten August bis fünften August eine Woche Urlaub eingeplant. Das ist außerhalb jeder Ferienzeit und es sind auch keine Feiertage mit drin."

„Na dann müsste es vielleicht ja klappen." Mark stand immer noch schmatzend auf und holte das Festnetz, so wie den Brief und gab mir beides.

„Und was soll ich damit?" fragte ich.

„Na buchen", war seine knappe, klare Antwort.

„Das ist schon in einem Monat." „Na und?"

Ich dachte kurz nach und atmete einmal durch.

Mark hatte recht, na und?

Ich hatte kein kleines Kind mehr. Mark kam auch ohne mich klar, auch wenn ich danach sicherlich eine Putzkolonne brauchte. Und ich wollte doch eh spontaner sein, also ran.

Schnell nahm ich das Telefon in die Hand, bevor ich es mir anders überlegte, und wählte die Nummer, die auf dem Brief stand.

Dass es die Nummer des Hotels in Spanien war, ließ ich außer Acht.

Ich stellte das Telefon auf Lautsprecher, so dass Mark mithören konnte,

„Buen diá, Hotel El Interior."

„Guten Tag, sprechen sie Deutsch?"

„Si Señora, was kann ich für sie tun?" kam in abgehaktem Deutsch.

„Ich möchte gerne bei ihnen buchen, ich habe eine Reise gewonnen."

„Dann brauche ich zuerst die Nummer."

Mark tippte sofort auf die Nummer, die verlangt wurde und ich gab sie durch.

„Gut Fr. Gunterman, wann möchten sie kommen?"

„Vom ersten August bis fünften August" danach wartete ich.

„Gut Moment. Wie ich sehe, haben wir da noch was frei, Einzelzimmer oder Doppelzimmer? Sie können für einen geringen Aufpreis für Zwei buchen."

„Einzelzimmer." war meine knappe Antwort.

„Gut, sie haben ja Halbpension gewonnen. Bei uns gibt es abends immer Menü. Möchten sie auch gleich einen Mietwagen mitbuchen? Wir liegen etwas Abseits und bieten daher einen preiswerten Mietwagen mit an."

Ich sah Mark an und er zuckte mit den Schultern, was heißen sollte, weiß ich doch nicht.

Der nette Herr am Telefon merkte mein Zögern.

„Sie müssen sich nicht sofort entscheiden. Ich schicke ihnen eh Unterlagen über unser Hotel und dabei auch das Angebot des Mietwagens. Doch zwei Wochen vorher sollten sie sich entschieden haben, dann können wir noch alles organisieren."

„Super, Danke", sagte ich nur.

„Gut, dann ist Alles für den ersten August gebucht, jetzt müssen sie sich nur noch um den Flug kümmern." „Vielen Dank, mache ich." Ich legte auf. Flug? Hatte ich was überlesen?

Klar, Mallorca war eine Insel und man kam nur mit dem Flugzeug hin. Doch dass ich mich darum extra kümmern musste … am liebsten hätte ich alles abgesagt.

Mark tippte gleich etwas in sein Smartphone und zeigte mir Flugangebote.

Mir war das jetzt zu viel.

„Du wir kümmern uns die Tage drum, ich will wieder ins Bett, " sagte ich darum nur.

Alle anderen Nachrichten die auf meinem Smartphone waren, ignorierte ich.

Die Nacht schlief ich unruhig. Ich träumte davon, mit einem Floß nach Mallorca zu fahren… echt kein Spaß. Und dann, als ich endlich ankam, war Mallorca eine kleine verlassene Insel. Keine Menschenseele weit und breit. Ich fand nur einen ledernen Fußball, auf dem der Name ‚Freitag' stand. Ich kam mir vor wie Tom Hanks in Cast Away. Doch bevor ich rufen konnte: „Ich habe Feuer gemacht", wachte ich auf.

Am nächsten Morgen stand ich früh auf. Am liebsten hätte ich erst geduscht, doch da hatte ich noch nicht wirklich den Kopf nach, könnte ich ja auch später noch machen.

Völlig durchgeschwitzt und mit stinkendem Schlafanzug machte ich mir Frühstück.

Tee konnte ich nicht mehr sehen und ich freute mich auf einen Kaffee.

Da kein Toastbrot mehr da war machte ich mir ein Müsli. Vorsichtshalber roch ich an der Milch, man konnte ja nie wissen, doch sie war noch gut.

Mit der Müslischale in der Hand ging ich zum Tisch, mein Kaffee stand schon da.

Auf dem Weg nahm ich mein Smartphone aus der Ladestation.

Da ich es ein paar Tage nicht beachtet hatte musste ich einiges nachholen.

Als erstes öffnete ich WhatsApp. Um es mir leichter zu machen, schrieb ich gleich an alle.

> Sorry bin krank, daher nicht on gewesen. Geht schon besser, melde mich sobald ich kann.   < Und ab damit.

Gleich ertönte ein Pfeifen nach dem anderen, ich sah nur kurz drauf.

>Och was hast du?<

>Gute Besserung<

>Melde dich wenn es geht<

>Brauchst du was?< usw.

Nur von mein Vater bekam ich Folgendes:

>Kann ja nicht so schlimm sein, sonst hätten wir einen Hilferuf von Mark erhalten. Reiß dich zusammen, zieh dich an und geh raus<

     Typisch.

Von Bernd kam >Habe mir schon Sorgen gemacht. Wenn du mir endlich sagen würdest wo du wohnst, wäre ich sofort da. Bitte sag es mir, ich bin ein guter Krankenpfleger.<

Ich grinste, wäre genau was ich bräuchte überlegte ich. Bernd war mir mehr als sympathisch, nicht so wie die ganzen Typen die ich bei der Single-Seite kennengelernt habe. Ob ich es wagen sollte?

Warum eigentlich nicht? Was hätte ich zu verlieren? Also gut.

Ich tippte meine Adresse ins Smartphone und ab die Post oder besser gesagt WhatsApp.

Bernd antwortete mit einem Herz. Mein Herz hüpfte.

Mein Smartphone signalisierte, dass andere Apps auch nicht erfreut waren, dass ich sie ignoriert hatte.

Eins nach dem anderen ging ich durch. Manchen reichte es, dass ich es mir ansah. Andere, wie meine Sport-App waren da zickiger. Als ich endlich gefunden hatte, dass ich tatsächlich krank angeben konnte, klingelte es.

Ups, ich hatte noch nicht einmal in den Spiegel geschaut. Im Flur holte ich das nach und erschrak.

Schnell mit der Bürste durch die verfetteten Haare gezogen, der Rest ließ sich jetzt nicht ändern. Hätte ich doch wenigstens vorhin geduscht.

Kurz nachdem ich den Drücker betätigt hatte, hörte ich schon jemanden auf der Treppe.

Bald darauf sah ich sein sympathisches Gesicht, ich war total nervös.

„Schau mich nicht genau an, " begrüßte ich ihn krächzend.

„Warum? Du bist die hübscheste Kranke, die ich je gesehen habe." kam Bernds prompte Antwort.

„Wobei ich gestehen muss, so viele waren es auch noch nicht."

Eigentlich wollte ich ihm nur die Hand geben, doch er ließ es sich nicht nehmen und drückte mich.

„Ich bin so froh dass ich dich wiedersehe, da lass ich mir das nicht nehmen", kommentierte er.

„Komm erst mal rein, " ich zeigte ihm den Weg in die Küche und auf einen Platz am Tisch.

„Du setzt dich, denn du bist krank, " erwiderte er daraufhin und ich gab freiwillig nach. Eigentlich wollte ich dringend ins Badezimmer, ich hatte mir noch nicht einmal die Zähne geputzt.

Und dass ich stank konnte ich selber riechen.

Also stand ich wieder auf und erklärte auch wohin ich wollte, nicht das mit dem Zähneputzen das ließ ich aus.

„Kein Problem, lass dir nur Zeit. Geh ruhig duschen, wenn du willst. Ich lauf nicht weg."

Wie selbstverständlich packte er seine mitgebrachte Tasche aus und fing an in der Küche zu wuseln.

„Geh ruhig, ich komm schon klar." sagte er, als er merkte, dass ich zögerte.

Ich sprang schnell unter die Dusche und genoss richtig den warmen Wasserstrahl. Nach dem Abtrocknen zog ich den Jogging-Anzug an, den ich vorher schnell aus dem Schlafzimmer geholt hatte. Etwas Deo unter die Achseln, dann noch Zähneputzen und um die noch nassen Haare ein Handtuch, das musste jetzt reichen.

Die rote Nase und die trockenen Lippen ließen sich eh nicht ändern.

Zurück in der Küche staunte ich nicht schlecht. Bernd stand am Herd und war am kochen. Er hatte meine Schürze umgebunden, neben ihm stand Mark und beide unterhielten sich angeregt.

Ich hatte gar nicht mitbekommen, dass Mark schon zu Hause war. Er muss mein erstauntes Gesicht richtig gedeutet haben.

„Wir hatten früher Schluss. Frau Klein-Dorsten ist krank. Wusstest du, dass Bernd Internetseiten programmiert? Er hat sogar ein eigenes Programm dafür geschrieben, damit geht es ganz leicht." Mark war total aufgeregt.

„Nein", war meine knappe Antwort, obwohl, hatte er nicht mal was erwähnt?

Ich war mir da nicht mehr sicher.

„Er will mir zeigen wie das geht, nicht wahr?" So aufgedreht hatte ich ihn schon lange nicht mehr erlebt.

Er kannte Bernd erst seit ein paar Minuten und himmelte ihn wie einen Rockstar an.

Erleichtert ließ ich mich auf meinen Platz fallen. Das ging einfacher als gedacht.

„Ich hoffe du magst Spagetti-Bolognese?" fragte mich Bernd.

„Dein Sohn freut sich schon darauf."

„Hört sich gut an," sagte ich knapp.

Wann hatte das letzte Mal ein Mann für mich gekocht?

Und hatte das überhaupt schon mal einer? Ich erinnerte mich nicht.

„Ich decke den Tisch schon mal", sagte Mark und machte das prompt.

Bin ich im richtigen Film? Hat man mich in eine andere Familie gebeamt?

Ich war total verdattert. Mark stellte Teller auf den Tisch und legte Gabeln und Löffel dazu. „Brauchen wir Messer?" fragte er Bernd.

„Nur wenn du die Spagetti zerschneiden möchtest." gab Bernd grinsend zur Antwort und schüttete dabei die Nudeln in ein Sieb.

Wo hatte er das denn gefunden? Ich konnte mich gar nicht mehr erinnern, wann ich es das letzte Mal benutzt hatte und wo es stand.

„Mark hat mir gezeigt, wo ich alles finde. Er kam echt zur rechten Zeit, sonst hätte ich alles durchsuchen müssen."

Bernd hatte wohl meine Gedanken gelesen.

Ob ich Mark wohl doch angesteckt hatte?
Ich glaub ich muss bei ihm mal Fieber messen.

Bernd stellte eine Schüssel mit den Nudeln und eine mit Soße auf den Tisch.
Die Soße sah echt gut aus. Da war nicht nur Tomatensoße drin, nein es war auch Gehacktes und Gemüse zu sehen. Ich staunte nicht schlecht.
„Eigentlich muss so eine Soße lange kochen, dann schmeckt sie noch besser, doch so geht es auch", dabei verteilte er die Spagetti auf unseren Tellern, Soße nahm sich dann jeder selbst.
Es schmeckte hervorragend, was Mark auch immer wieder sagte.
Ich musste beim Essen immer wieder mal husten, doch keiner der beiden reagierte darauf. Mir war es peinlich, denn meistens hatte ich den Mund voll und ich musste aufpassen, dass ich nicht alles über den Tisch spuckte.
Mark und Bernd waren in ein Gespräch über Internetseiten vertieft. Für mich waren das böhmische Dörfer, also ließ ich meinen Gedanken freien Lauf.
Ich sah mich mit Bernd auf einer Terrasse in Italien diese Spagetti essen. Wir saßen uns beide gegenüber und nur ein Teller in der Mitte des kleinen Tisches.
Wir aßen versonnen und schauten uns tief in die Augen, so dass wir gar nicht merkten, dass wir beide an der gleichen Nudel zogen, bis dass unsere Lippen sich berührten.
Moment, warum kam mir das so bekannt vor? War das nicht von Susi und Strolchi? Nach dem Essen ging ich ins Bad, um mir die Haare zu föhnen. Zurück am Tisch waren Mark und Bernd noch immer im Gespräch vertieft.

Ich trat Mark unauffällig unter dem Tisch gegen das Bein, ein kurzer Blick genügte und er stand auf.

„Muss noch Hausaufgaben machen, ich räume später die Spülmaschine aus, OK?"

Ich bedankte mich bei ihm und er ging.

„Du hast einen tollen Sohn. " sagte Bernd.

„Ja, finde ich auch." war meine knappe Antwort. Ich war echt froh über diesen Jungen.

„Wie geht es dir?"

„Ich bin noch schlapp und jetzt doch seit einiger Zeit auf den Beinen. Das Duschen tat gut, doch war auch anstrengend. Sei mir nicht böse, ich würde mich gerne hinlegen."

„Kein Problem, ich weiß jetzt wo du wohnst und komme gerne ein anderes Mal wieder."

Bernd stand auf, räumte das dreckige Geschirr in die Spülmaschine und machte diese auch an.

„Ach das habe ich vergessen, " er nahm die Tüte, die er mitgebracht hatte, aus der Ecke, in der sie stand und räumte sie aus.

Es kamen Taschentücher, Nasenspray, Halsbonbons, Creme, drei Zeitschriften und ein Erkältungsbalsam zum Vorschein.

„Da ich nicht wusste wie schlimm es ist, eben nur, dass du erkältet bist, habe ich mal alles mitgebracht. Die Creme ist für die trockenen Stellen nach dem Naseputzen. Bei den Zeitschriften wusste ich nicht was du liest, da habe ich mich von einer netten Verkäuferin beraten lassen. Und wenn du willst dann reibe ich dich persönlich mit dem Erkältungsbalsam ein." er grinste verschmitzt.

„Super lieb von dir, das Eincremen schaffe ich alleine."

Mit diesen Worten brachte ich ihn zur Tür.

„Leg dich hin, aber lass dein Smartphone jetzt an. Mach es nur lautlos und immer wenn du wach wirst, schreib mir bitte, ja?"

Das Versprechen gab ich ihm gerne und er gab mir zum Abschied einen Kuss auf die Wange. Kaum hatte ich mich hingelegt, war ich eingeschlafen. Drei Tage wechselte ich noch vom Bett zur Couch und umgekehrt, dabei schrieb ich viel mit Bernd über WhatsApp.

Am Nachmittag des dritten Tages verabredeten wir uns für einen kurzen Spaziergang.

Meine Nase lief noch und auch der Husten war noch da. Ich war froh, dass er mich begleitete.

Es war zwar nur eine kleine Runde um den Block, doch meine Beine waren weich wie Pudding.

Danach tranken wir einen Kaffee bei mir und irgendwie hatte ich ein Flattern im Bauch, und das kam nicht vom Kaffee. Bernd faszinierte mich immer mehr.

Ich erzählte ihm von meinem Gewinn und dass ich für den Urlaub noch einen Flug und ein Mietauto brauchte.

„Kein Problem, lass mich das zusammen mit deinem Sohn erledigen, das kriegen wir schon hin."

Als Mark von seinem Sport kam war er froh Bernd zu sehen und die Beiden kamen gleich zur Sache. Nachdem Bernd Mark erzählt hatte, dass er zusammen mit ihm meinen Flug und das Mietauto buchen wollte, gingen beide zum Computer ins Wohnzimmer.

Ich machte mich daran uns Abendessen zuzubereiten. Da ich noch nicht zum Einkaufen gekommen war, suchte ich etwas aus den Schränken zusammen.

Da waren Nudeln, gekochter Schinken. Zwiebeln und Dosenmilch, die noch gut war, fand ich auch noch. Also machte ich Nudeln Carbonara nach meiner Art.

Zuerst setzte ich Salzwasser für die Nudeln auf, dann schälte ich die Zwiebel, schnitt sie in Würfel und briet sie in etwas Öl an.

Als sie glasig waren, nahm ich etwas Zucker und karamellisierte sie. Dann löschte ich es mit etwas Weißweinessig ab, jetzt war meine Nase frei.

Die Nudeln schmiss ich in das kochende Wasser. Als der Essig gut eingekocht war, schüttete ich die Dosenmilch dazu und den gekochten Schinken, den ich auch schon gewürfelt hatte. Abgeschmeckt wurde das Ganze mit Gemüsebrühe, Salz und Pfeffer. Jetzt noch mit hellem Soßenbinder andicken und fertig war die Soße. Jetzt mussten nur noch die Nudeln gar werden.

Zwischendurch kam Mark „Wo ist dein Smartphone?"

„Auf der Ladestation", ich wies Richtung Siteboard.

Er nahm es und weg war er wieder. Ich hörte die Beiden im Wohnzimmer angeregt reden, verstand aber leider kein Wort.

Gerade als ich die Nudeln abgoss, kamen Beide in die Küche.

„So, alles gebongt und gebucht", sagte Mark strahlend.

„Essen ist auch fertig", war meine Antwort. Die beiden fachsimpelten während des ganzen Essens über Dinge, die ich nicht verstand. Nach dem Essen verabschiedete ich mich von Bernd und bedankte mich für alles.

„Kein Problem, hat mir Spaß gemacht", diesmal gab ich ihm einen Kuss auf den Mund, die ständigen Bäckchen-Küsschen war ich leid.

19. Der Abend vor Mallorca,
oder wie ich meine Unschuld verlor

Es entwickelte sich bestens mit Bernd. Wir sahen uns immer öfter und ehe ich mich versah, war Zeit für Mallorca.

Am liebsten wäre ich nicht gefahren, doch alle überzeugten mich davon es doch zu tun.

Von dem Hotel hatte ich zu den Papieren auch ein Prospekt erhalten und was ich sah war klasse.

Es gab einen Pool und die Zimmer machten auf den Fotos einen guten Eindruck. Das Hotel hatte zwar nur drei Sterne, da es weder Fernseher noch Telefon auf dem Zimmer hatte, doch wer brauchte das schon im Urlaub? Ich nicht!

„Wo sind die anderen Unterlagen?" fragte ich Mark.

„Welche Unterlagen?" kam es aus seinem Zimmer zurück.

„Na die für den Flug und die für den Mietwagen? "

Ich war total gereizt. Ich mochte es gar nicht, wenn ich nicht alles zusammen hatte. Und mir war eingefallen, dass ich davon noch nie etwas gesehen hatte. Was wenn ich deshalb nicht fliegen konnte?

Mark kam an „Wo ist dein Smartphone?"

„Wie immer auf der Ladestation," meine Stimmung ging immer mehr gegen Null.

„Ich habe dich gefragt, wo die Papiere für den Flug und das Auto sind," meine Stimme wurde lauter und schriller.

„Hier", Mark hielt mir das Smartphone vor die Nase.

Energisch wischte ich das Smartphone weg und es flog in die Ecke.

„Ich suche nicht das Smartphone, " jetzt nahm meine Stimme einen bedenklich leisen Ton an, "ich suche meine Unterlagen."

„Hoffentlich ist dein Smartphone jetzt kaputt, dann hat es sich mit deinem Flug, " Mark hob das Smartphone auf und daddelte daran rum.

„Hier ist deine Flugbestätigung, " er hielt mir wieder das Smartphone hin.

Erstaunt blickte ich darauf. Mark nahm es mir wieder aus der Hand und tippte erneut.

„Und hier für deinen Leihwagen, " Schwups hatte ich es vor der Nase.

„Würdest du mir einmal richtig zuhören, wüsstest du, dass dein Smartphone alles Wichtige hat. Es gibt keine Papiere! " Mark war total sauer.

Nachdem ich mir das für's Auto angesehen hatte, entschuldigte ich mich zähneknirschend.

„Würdest du mir das bitte noch einmal genau erklären?"

Ich zückte mir Stift und Zettel.

„Was willst du damit?" fragte Mark.

„Na aufschreiben, wo ich was finde."

Mark verdrehte die Augen.

„Mensch Mama, das ist sooooo leicht."

Also legte ich alles wieder weg.

„Hier ist die App von MastAir. Wenn du darauf gehst, kannst du dich bei ‚Login' einloggen.

E-Mail-Adresse und Passwort wie immer und du siehst dann >meine Buchung<. Da gehst du drauf, dann siehst du schon deine einzige Buchung und wenn du hier drauf gehst, kommt das Formular. Darauf ist ein QR-Code. Den zeigst du vor, er wird gescannt, das ist alles."

Ok, hörte sich echt leicht an. Bei der Swixst-App war es nicht anders, das würde ich schaffen. Erleichtert packte ich weiter.

Kaum war ich damit fertig, klingelte es. Nachdem ich aufgedrückt hatte, stand Bernd mit Pizza und Wein vor der Tür.
„Hallo schöne Frau, es ist unser letzter Abend bevor du in Urlaub fährst. Den wollte ich gerne mit dir genießen."
Wie aufs Stichwort stand Mark grinsend im Flur.
„So Mutti, ich wünsche dir einen schönen Urlaub. Ich schlafe heute bei Günther." Mark drückte mir ein Küsschen auf die Wange und weg war er.
    Hatten die beiden sich abgesprochen?
Bernd grinste nur und irgendwie bestätigte mir das meine Vermutung.
Neben der Pizza hatte Bernd noch eine Flasche Dornfelder dabei. Da er sich mittlerweile in unserer Küche auskannte, deckte er ohne großes Suchen den Tisch. Sogar eine Kerze stellte er mit hin.
„Blumen habe ich mir gespart. Die bekommst du, wenn du wieder da bist", Bernd entkorkte den Rotwein und goss jedem ein Glas ein.
Die Pizza hatte er aus dem Karton auf Teller verteilt, und woher hatte er die Tischdecke?
„Da ich mir nicht sicher war, ob ihr eine Tischdecke habt, habe ich vorsichtshalber eine mitgebracht", Bernd's Grinsen wurde immer breiter.
Schon wieder hatte er meine Gedanken gelesen.
Bei dieser ganzen Szenerie wurde mir warm ums Herz und einige Etagen weiter unten verspürte ich ein Kribbeln, das ich schon zu lange ignoriert hatte.

Ich stand wie hypnotisiert am Küchentisch und Bernd reichte mir das Glas mit dem Rotwein.

Beim Anstoßen mit dem Wein sahen wir uns ganz tief in die Augen und ich versank in dem Braun von Bernd seinen.

Der Kuss, der dann folgte, war ganz anders als die, die wir uns bis dahin gegeben hatten und ich hoffte, er würde nie enden.

Wir stellten beide unsere Gläser weg, ohne dass wir unsere Münder voneinander trennten. Weiter küssend gingen wir langsam auf mein Schlafzimmer zu.

Als Bernd die Tür öffnete, stockte ich einen kleinen Moment, doch nur wirklich einen kleinen, denn genau das was jetzt passierte, hatte ich mir schon lange gewünscht.

Da wir uns anscheinend beide danach gesehnt hatten, fielen wir förmlich übereinander her als wir das Bett erreicht hatten.

Es ging schnell und heftig zur Sache. Aus Rücksicht zu Mark hatte ich mich mit Bettgeschichten zurück gehalten, doch jetzt ließ ich mich hemmungslos gehen, denn Mark war nicht da und meine Nachbarn waren mir egal.

Auch Bernd schien darauf gewartet zu haben, denn er war genauso hemmungslos wie ich.

Danach lagen wir eng umschlungen im Bett und atmeten beide schwer. Als wir uns endlich lösten sagte Bernd nur: „Das wurde echt Zeit, ich dachte schon ich würde platzen vor Lust auf dich."

Bis wir wieder am Küchentisch saßen, war die Pizza kalt und der Wein gut belüftet, doch das war uns egal.

Wir verlegten dann unseren weiteren Abend auf die Couch. Engumschlungen hörten wir Kuschelrock -CDs aus meiner Jugend.

20. Auf nach Malle,
oder wie ich alleine in Urlaub fuhr.

Am nächsten Tag war ich vor meinem Wecker wach. Bernd stand schon in der Küche und machte uns Frühstück.

„Es ist besser nicht mit leerem Magen in den Urlaub zu starten", er küsste mich und ich setzte mich an den Tisch.

Vor lauter Aufregung bekam ich aber nur wenig runter.

Die Fahrt zum Flughafen verlief reibungslos und ich war gute zwei Stunden vor Abflug da, so wie es immer empfohlen wird.

Bernd blieb bei mir, erst als es zum Anstellen in die Schlange ging verabschiedeten wir uns.

„Hab keine Angst, ich kümmere mich um Mark und schau des Öfteren nach, ob alles glatt läuft."

Mit diesen Worten beruhigte er mich.

Als ich eincheckte war ich trotzdem total aufgeregt.

Sobald ich in der Schlange stand, machte ich in der App mein Formular auf. Erstaunt stellte ich fest, dass die überwiegende Anzahl der Passagiere ihr Smartphone in der Hand hatte.

Als ich an der Reihe war, wurde ich von der netten Dame am Schalter gebeten mein Smartphone mit Display nach unten auf eine bestimmte Fläche zu halten. Mit einem kurzen Piep wurde angezeigt, dass meine Daten übertragen worden sind.

„Hier bitte, ihre Board-Karte und schalten sie ihr Smartphone auf Flugmodus und auf Vibrations-Alarm." mit der Bemerkung reichte mir die Dame einen Zettel und ich durfte weitergehen.

Ich drehte mich noch einmal um und winkte Bernd zu. Jetzt begann mein Urlaub.

Es dauerte nicht lange bis das Boarding anfing und schnell saß ich an meinem Platz, direkt am Fenster. Mark hatte gut für mich ausgesucht, ich liebe es am Fenster zu sitzen.

Genau verfolgte ich den Start und besah mir die Welt von oben. Doch über den Wolken war nicht mehr viel zu sehen und da es auf den Billig-Flügen weder Zeitschriften, noch was zu essen gab, holte ich mein Smartphone raus.

Obwohl es auf Flugmodus stand, konnte ich spielen. Ich war nicht die Einzige, die dies machte, wie ich bemerkte.

So vergingen die zwei Stunde im wahrsten Sinne des Wortes wie im Flug. Und kaum dass ich mich versah, setzten wir zur Landung an. Auch das verfolgte ich gespannt.

Der Landeanflug ging vom Meer aus direkt auf die Landebahn. Ich schaute dabei aus dem Fenster, es war Atemberaubend.

Total euphorisch und in Urlaubsstimmung machte ich mich auf den Weg zu Swixst.

Dort angekommen zückte ich mein Smartphone, drückte unten auf den Knopf und nichts tat sich. Ich drückte nochmal drauf, nichts. Ich drückte überall, nichts zu machen.

Dann nahm ich den Akku raus, vielleicht hat es sich ja aufgehängt, nichts.

Am Netz konnte es nicht liegen, Mark hatte mir versichert, dass mittlerweile alle Netze offen sind und ich keine extra Kosten zu befürchten hätte.

Scheiße, war es wohl von der Spielerei leer geworden.

Ich fing an in meiner Tasche nach dem Ladekabel zu suchen, nichts. Dann im Koffer, in jeder Tasche die ich dabei hatte, nichts. Wo war das verflixte Ding?

Dann fiel es mir ein, es war zu Hause in der Schublade. Seitdem ich die Dockingstation hatte, benutzte ich es nicht mehr und keiner hatte mich daran erinnert es mit zu nehmen.

Wo waren die lieb gemeinten Ratschläge, wenn man sie brauchte?

Ich ging zu dem netten Herrn am Swixst Schalter. Ich hoffte zumindest er wäre nett, und versuchte mit Händen und Füßen meine Situation zu erklären. Meinen geliebten Langenscheid wollte ich mitnehmen, doch Mark hatte mich ausgelacht und mir eine Wörter-App Deutsch-Spanisch, Spanisch-Deutsch runtergeladen.

„Hier, mehr brauchst du nicht! " hatte er mir erklärt.

Nur was ich mache, wenn das Smartphone leer ist und kein Ladekabel in Sicht, dafür gibt es wohl keine App. Jetzt war eine Ausnahmesituation, ich hätte mehr gebraucht.

Ich zeigte immer wieder auf mein Handy und versuchte mit Gesten zu erklären, dass der Akku leer war.

Der nette Herr tat so, als verstünde er nicht und grinste nur. Dann holte er was aus einer Schublade und gab es mir mit gebrochenem Deutsch:

"Hier probieren sie es einmal damit, " und zeigte auf eine Steckdose.

Mit meinem wütendsten Blick den ich in diesem Moment drauf hatte, schaute ich ihn an. Das Ladekabel passte und mein Smartphone ging an. Ohne Probleme öffnete ich das Buchungsformular auf meiner App und schon hatte ich meinen Leihwagen.

Es handelte sich um einen Kleinwagen und ohne Probleme kam ich damit zurecht. Gott sei Dank hatte er eine Klimaanlage, die ich sofort einschaltete, da wir gefühlte vierzig Grad hatten.

Auch eine Handyhalterung war vorhanden, in der mein Smartphone passte. Da ich es später als Navi benutzen wollte, war das sehr praktisch.

Den Weg zum Hotel hatte ich mir ausgedruckt und mich nicht auf die Navigations-App verlassen, wie Mark mir geraten hatte.

So kam ich ohne große Probleme im Hotel an.

Dort zückte ich meine Papiere mit der Bemerkung, wie froh ich sei, jetzt mal was Schriftliches in der Hand zu haben.

Die nette Rezeptionistin, die gebrochen Deutsch sprach, hörte sich alles mit einer Engelsgeduld an. Nachdem ich ihr die Story mit dem Ladekabel geschildert hatte, griff sie in ein Fach an der Seite, holte eine Schachtel heraus und als sie die öffnete, lagen da mehrere Ladekabel drin.

„Die einen vergessen ihr Ladekabel zu Hause, die anderen hier im Hotel."

Wir probierten sie an meinem Smartphone aus und das zweite passte sofort. Ohne Probleme hatte ich ein neues Ladekabel. Ich brauchte dafür nichts zu bezahlen, sie schenkte es mir.

Dann fragte ich nach Walking-Stöcken. Ich hatte in dem Prospekt, was mir mit der Buchungsbestätigung mitgeschickt wurde, gelesen dass man sich welche ausleihen konnte.

Sofort erhielt ich welche, ganz ohne Gebühr oder Pfand. Außerdem reichte die Dame mir einen Zettel auf dem neben einer langen Zahlen und Buchstaben-Reihe auch ein QR-Code drauf war.

„Hier haben sie unseren WLAN – Schlüssel, damit kommen sie kostenlos ins Internet."

Da ich damals für die Hochzeit öfter mit dem QR-Code gearbeitet hatte, war mir das ein Begriff. Doch die Dame an der Rezeption half mir trotzdem und schnell war alles eingerichtet.

Dann erhielt ich die Zimmerschlüssel und ein netter Herr älteren Semesters half mir beim Gepäck.

Das Schlafhaus lag auf der anderen Straßenseite und mein Zimmer im ersten Stock lag nach hinten raus.

Es sah genauso aus wie auf den Fotos und der Blick ging in den Garten, wirklich schön.

Als ich mich bedankt hatte und der nette Herr gegangen war steckte ich als erstes mein Smartphone an seine Nabelschnurr, damit es Lebenssaft erhielt. Gleich neben meinem Bett war eine Steckdose.

Auf dem Bett sitzend schaltete ich mein Smartphone ein und rief als erstes Mark über WhatsApp an. Das Gespräch dauerte nicht lange, denn sein Freund Günther war bei ihm, wie mit mir abgesprochen.

Für mich war es kein Problem, dass die beiden Jungen in der Zeit meiner Abwesenheit die Gunst der Stunde nutzen würden und es sich bei uns bequem machten, ich hatte vollstes Vertrauen.

Dann rief ich Bernd ebenfalls über WhatsApp an. Es war klasse, dass man darüber kostenfrei auf der ganzen Welt telefonieren konnte.

Er war prompt am Apparat. „Hey Schatz, gut angekommen?", war seine Begrüßung.

„Ja, soweit alles klar, " ich erzählte ihm alles, auch das Missgeschick mit dem Ladekabel. Wir lachten beide darüber, dann versicherten wir uns, dass wir uns vermissten und liebten und beendeten das Gespräch.

Zwischendurch meldete sich immer wieder das Smartphone, um mich ans Trinken zu erinnern. Ich trank auch, immer brav einen Schluck, aus der Wasserflasche, die im Zimmer kostenlos bereit stand.

Nach Bernd rief ich noch meine Eltern an, dem Rest schickte ich eine WhatsApp.
Meine Sport-App nahm ich mir auch vor und stellte ein, dass ich im Urlaub war und welche Aktivitäten ich plante zu unternehmen Schwimmen, Walken etc.

Meine Facebook-App hatte ich für die Zeit des Urlaubes deaktiviert. Bernd hatte mir das empfohlen, es musste ja nicht die ganze Welt wissen wo ich war.

Was klasse an der App war, ich konnte einstellen wo ich mich im Urlaub befand und mir wurden gleich die Möglichkeiten, die man hier hatte, angezeigt.

Und auch FF ließ ich nicht aus, schließlich kostete dies mich ja auch was, oder besser meine Eltern, hatten sie mir die ja zum Geburtstag geschenkt, warum dann nicht nutzen?
Hier konnte ich ebenfalls eingeben wo ich mich im Urlaub befand, und mir wurden die mediterranen Speisen angezeigt und die hier gängigen Lebensmittel hinzugefügt.
Als ich auf die Uhr sah erschrak ich, wie spät es war. Ich musste mich sputen, um noch zum Essen zu kommen.

Der Speisesaal war echt toll. Es gab eine große Panorama-Glasfront, von der aus man zum Meer sehen konnte. Es ging eine Steilküste nach unten, wirklich beeindruckend.

Mir wurde ein Tisch an der Glasfront zugewiesen, was für ein Glück.

Schade dass ich jetzt mein Smartphone nicht mithatte, es hing noch am Strom.

Es dauerte nicht lange bis ich bedient wurde. Zu Trinken stand Wasser auf dem Tisch und nachdem ich erfuhr, dass es ein Spanisches Omelette geben würde, bestellte ich noch Rotwein dazu.

Das Essen war wirklich sehr lecker und mit Gewürzen verfeinert, die ich nicht benennen konnte.

Ich genoss das Essen und die Aussicht.

Danach holte ich mein Smartphone vom Zimmer und erkundete die Umgebung.

Ich fotografierte das Hotel von außen und sendete das Foto an Bernd. Zurück kam ein Smiley mit Herzkuss. Ich fotografierte den Pool, der etwas abseits vom Hotel auf einem privaten Grundstück lag, und sendete es Bernd. Zurück kam ein Fisch.

Dann ein Foto von der Aussicht vom Pool zum Meer, zurück kam eine Sonne. Dann das Schaf hinter dem Schlafhaus, zurück kam ein Pferd und so ging es weiter.

Irgendwann schickte ich nur noch ein Herz und ein anderes kam zurück.

Als ich wieder auf meinem Zimmer war, packte ich meine Sachen aus und legte mich dann auf das Bett. Ich hatte etwas Kopfschmerzen und ehe ich mich versah war ich eingeschlafen.

21. Erster Tag Mallorca,
oder der frühe Vogel hat Urlaub

Frühmorgens wurde ich von meinem Smartphone geweckt. Die Sport-App erinnerte mich daran, dass ich aktiver sein wollte. Als ich auf die Uhr sah war es gerade 6 Uhr. Ich legte mir das Kissen über den Kopf.
Doch an weiterschlafen war nicht zu denken.
Zuerst einmal schaute ich in mein Horoskop wofür ich eine App hatte. Diese hatte mir Christine runtergeladen und ich hatte sie die ganze Zeit ignoriert, doch jetzt war Urlaub und Zeit dafür. Heute besagte mein Horoskop.
> Der frühe Vogel fängt den Wurm. Wer vor dem Frühstück Sport macht, fühlt sich hinterher fitter.<
Also gut, dann mal raus aus dem Bett und Sportklamotten an, Walkingstöcke gepackt, diese hatte ich mir gestern an der Rezeption ausgeliehen, Sportarmbanduhr auf „los" gedrückt und ab ging die Post. Doch vor dem Hotel schaute ich vorerst einmal ratlos umher, wohin sollte ich jetzt gehen?
Leider hatte ich am Vortag nicht nach einer geeigneten Strecke Ausschau gehalten.
Da runter ging es zum Pool und dahinter einen Weg entlang, also los.
Dass der Weg in einen unbefestigten Pfad wechselte, das hatte ich natürlich nicht gesehen und es ging immer weiter nach unten. Zurückgehen kam für mich nicht in Frage, dies war eine Frage der Ehre.
Als es immer steiler nach unten ging, wurde mir schon mulmig zumute. An Walken war nicht mehr zu denken, jetzt war Bergsteigen nach unten angesagt.

Total fertig und verschwitzt, sowie mit einigen Schrammen versehen, kam ich Unten an. Doch ich wurde für meine Anstrengung belohnt. Vor mir erstreckte sich ein schwarzer, feiner Lavastrand und dahinter das Meer.

Ich legte meine Stöcke hin und zog meine Schuhe und Strümpfe aus, krempelte meine Hose hoch und ging vorsichtig in das Wasser. Was für eine Wohltat, auch wenn es im ersten Moment kalt war.

Danach setzte ich mich auf einen Stein und ließ meine Beine im Wind trocknen.

Aus meinem kleinen Wanderrucksack holte ich mir einen Energieriegel und eine Wasserflasche, denn das war das erste was ich gelernt hatte, beim Walken immer was dabei zu haben.

Dann zog ich mich wieder an und ging am Strand entlang in die Richtung, in der ich das Hotel vermutete.

Nach einer schier endlosen Zeit, in der ich mich an schraffen Felsen vorbeibewegte, kam eine kleine Straße, die nach oben führte. Ich machte mich an den Aufstieg, es war so steil, dass ich nur langsam vorrankam und ich öfter Pause machen musste.

Der zweite Energieriegel wurde verzehrt und die Wasserflasche war bald leer.

Als ich schon überlegte mich hier einfach irgendwo hinzulegen, sah ich das Ende.

Ich war oben angekommen, und zwar wieder am Hotel.

Ein Blick auf die Uhr zeigte mir, dass ich keine Zeit zum Duschen hatte, wenn ich noch was frühstücken wollte.

Also so verschwitzt sofort in den Speisesaal.

Zum Glück waren nur noch drei Gäste dort und keiner in meiner Nähe.

„Schon so früh so sportlich?", fragte mich der Ober der an meinen Tisch kam, in gebrochenem Deutsch.

„Man tut eben was man kann, " antwortete ich leicht grinsend.

„Sie sollten die Klippen hier nicht unterschätzen," erwiderte er ernst.

Ich bedankte mich und bestellte einen Kaffee, den Rest holte ich mir vom Buffet.

Obwohl ich so spät dran war, war noch reichlich vorhanden.

Als der Ober meinen Kaffee brachte, legte er mir ein Prospekt hin.

„Hier sind einige Routen zum Laufen oder Walken eingezeichnet, die sie von hier aus gehen können. Außerdem die Nummer vom Hotel, falls sie mal in Not geraten. Sie wären nicht die Erste, die wir hier aus einer brenzlichen Situation holen."

Ich war baff, die waren wirklich gut vorbereitet. Nur schade, dass gestern, als ich mir die Walking-Stöcke auslieh, vergessen wurde das Prospekt mitzugeben.

Nun kam ich ins Grübeln, hatte ich den Ober nicht schon einmal gesehen?

Ich zerbrach mir das Hirn, da fiel es mir ein, es war der Herr, der gestern mein Gepäck auf das Zimmer brachte.

Als hätte er meine Gedanken gelesen sagte er zu mir. „Wir sind ein gut eingespielter Familienbetrieb, und da hier fast alle Laufen oder Walken wollen, haben wir dieses Prospekt erstellt, es gibt es in verschiedenen Sprachen."

Das muss doch auch schön sein, so mit der ganzen Familie zusammen zu arbeiten. Doch da fielen mir meine Eltern ein und ich änderte meine Meinung ganz schnell.

Nach dem Frühstück ging es erst einmal auf das Zimmer. Noch vor dem Duschen schaute ich nach meinem Smartphone, das sicher noch am Kabel hing.

Mit vollem Ernst nahm ich mir vor das Ding jetzt immer dabei zu haben.

Zuerst einmal öffnete ich die Trinkerinnerung und trug ein was ich getrunken hatte. Dann koppelte ich das Smartphone mit meinem Sportarmband über Bluetooth, so dass sie ihre Daten miteinander austauschen konnten. Das Resultat interessierte mich jetzt nicht.

Bei WhatsApp wurde mir schon angezeigt wie viele Nachrichten ich erhalten hatte, und das waren reichlich.

Zuerst Mark.

>Hallo Mami schon wach?< 7:15Uhr

>Wo sind meine Turnschuhe?< 7:16 Uhr

      wie immer in der Sporttasche dachte ich mir...

>Schreib mal.< 7:17 Uhr

>Hallo?< 7:18 Uhr

>Muttiiiiiiiiiiiiii???????????< 7:20 Uhr

>Jetzt reicht's ich geh zur Schule.< 7:21Uhr

>Schuhe gefunden sind in der Tasche< 7:22Uhr

Na geht doch, dachte ich so bei mir.

Dann Christine.

>Hallo, wie geht`s?< 7:04 Uhr

Die hat aber früh geschrieben.

>Warum keine Antwort, schläfst du noch?< 7:10 Uhr

Da war doch was im Busch.

>OK. Melde dich wenn du kannst.< 7:25 Uhr

Ich tippte als Antwort: >War beim Sport und dann Frühstück, hatte Smartphone nicht mit.< 11:05 Uhr

Dann waren von diversen Leuten noch Nachrichten.

Ich schrieb einfach an alle.

>Wetter super, Hotel toll, Essen klasse, mir geht es gut.<
11:07 Uhr
Hatte man nicht genau das immer auf Postkarten geschrieben?
Egal, ich machte noch eine Sonne und eine Insel dahinter und ab damit.
Dann nahm ich mir Bernd's Nachrichten vor.
>Guten Morgen mein Sonnenschein *Herz< 7:30 Uhr
>Na, noch am schlafen? *Smiley< 8 Uhr
>So wie ich dich kenne machst du schon Sport und hast dein Smartphone nicht mit *drei Smileys< 8:10 Uhr
So gut kannte er mich schon. Sofort rief ich an.
„Na, Sport beendet?", wurde ich begrüßt.
„Erschreckend wie gut du mich schon kennst", ich machte es mir auf dem Bett gemütlich, wie erwartet ging das Geplänkel noch eine Weile zwischen uns hin und her.
„Und was hast du heute noch vor?"
„Ich wollte nach Port Andratx ein bisschen an der Promenade bummeln, dann da eine Kleinigkeit Essen und später hier an den Pool." „Dann solltest du mal in die Pötte kommen, ich nehme mal an du bist noch nicht geduscht."
Ich schaute auf die Uhr, sie zeigte mittlerweile 11: 43 Uhr an.
Verdammt, schon so spät, und echt wie gut mich der Kerl schon kannte. Ich schaute mich suchend im Zimmer um und suchte die Kameras. Ob man mit so einem Smartphone auch überwacht werden konnte?

James Bond bestimmt, und Bernd war für mich Pierce Brosnan als James Bond.
Jetzt aber schnell unter die Dusche und das war eine Wohltat.
Die Fahrt nach Andratx dauerte nicht lang. Ich bummelte erst einmal über die Promenade und kaufte prompt einen weißen Strohhut mit rosa Schärpe. Ich hatte vergessen meinen mitzunehmen. Zwar hatte ich ein Käppi dabei, doch das passte nicht immer.
Dann suchte ich einen Platz in einer der zahlreichen Restaurants. Hier wurde die traditionelle Paella angeboten, für die ich mich gleich entschied.
Es war wirklich schön hier zu sitzen, mit Blick auf das Meer.
Schöner wäre es, wenn Bernd bei mir wäre.
Ich machte ein Foto und schickte es ihm über WhatsApp, dazu schrieb ich:
>Es wäre schön wenn du mit hier wärst<
        Zurück kam: >Such schon mal die schönsten Plätze, den nächsten Urlaub machen wir dort gemeinsam.<
Wow, er plante schon Urlaub mit mir. Da kam die Paella, wie groß die war, die hätte glatt für zwei gereicht.
Kaum hatte ich angefangen zu essen, da pfiff mein Smartphone, um mir mitzuteilen, dass ich eine WhatsApp erhalten hatte.
Ich sah nach, es war Christine.
>Mist das du nicht da bist, ich bräuchte dich<
>Was ist?<, fragte ich.
>Ich glaube Anton hat eine andere< kam zurück.
>Wie kommst du darauf?<
> Er simst andauernd, und sagt mir nicht mit wem. Und wenn er eine Antwort bekommt dann grinst er<

Man merkte Christines Verzweiflung.

Ich hatte ihr ja gleich gesagt, dass sie aufpassen sollte, nach so kurzer Zeit und dann gleich Heirat.
>Kann es nicht einfach jemand sein, den er gut kennst?< versuchte ich die Sorgen zu nehmen.
>Wer denn? Und warum sagt er mir nicht mit wem er schreibt?< Jetzt wurde sie sauer.
>Woher soll ich das denn wissen?< Jetzt wurde ich auch böse, schließlich war ich im Urlaub.
>Ich werde mal versuchen sein Smartphone zu kriegen, dann schau ich nach< drohte Christine.

>Wenn es dich glücklich macht, ich würde es nicht machen.<
>Bis dann.< war ihre knappe Verabschiedung.
In der Zwischenzeit war eine andere Nachricht reingekommen, es war Ulrike meine Arbeitskollegin.
>Sei froh, dass du Urlaub hast.<
>Das bin ich.< Das war ich wirklich.
>Hier ist die Hölle los, das neue Betriebssystem hat alle Computer lahm gelegt und es geht nichts mehr.<
>Ups, das hört sich nicht gut an. Voll nach Chaos.<
>Du sagst es, wir mussten schließen.<
>Ach du sch......<
>Jop. Aber dieser nette Typ ist hier, der der uns das System aufgespielt hat.<
Sie meinte Bernd, auf der Arbeit hatte ich noch keinem von uns erzählt.
>Na, am Chaos beseitigen?< , schrieb ich Bernd.
>Woher weißt du wo ich bin?< seine Antwort.
>Von meiner Arbeitskollegin Ulrike, sie hat mir geschrieben was los ist.<

>Du hast Urlaub!<

>Sie hält halt Alle gerne auf dem Laufenden.<

>Du der ist was am schreiben. Ob der jemanden hat?<

Ulrike beobachtete immer alles genau.

>Ja, mich.< schrieb ich.

>Ha, ha ha schönen Urlaub noch< war Ulrikes knappe Antwort.

Hm, warum glaubte sie mir nicht?

Während der ganzen Zeit hatte ich meine Paella gegessen, doch geschmeckt hatte sie mir so nicht wirklich, außerdem war sie zum Schluss kalt geworden.

Ich bestellte noch einen Kaffee, trug ihn in meine Getränke App ein und bei FF das Essen, das ich bis jetzt zu mir genommen hatte. Auch das von heute Morgen trug ich nachträglich ein.

Als der Kaffee kam genoss ich ihn in Ruhe.

Meine Gedanken gingen dabei wandern.

Ich sah mich mit Bernd hier Hand in Hand entlang gehen, beide schon schön gebräunt.

Auf einmal brach Chaos aus, wir wurden von verschiedenen Leuten bedrängt. Da war Christine, Ulrike, andere Arbeitskollegen, mein Chef, Mark, Freunde von Bernd, unsere Eltern, alle zerrten an uns und riefen durcheinander.

„Helft uns? Macht dass alles wieder gut wird."

Mir lief es eiskalt den Rücken runter, ich schüttelte mich und vertrieb die Bilder.

Nachdem ich bezahlt hatte ging ich zum Auto und fuhr einfach die Küste entlang. In einem kleinen Ort ging ich in ein Cafe um mir ein Stück Kuchen zu gönnen, ob das meine Punkte zuließen?

Egal, ich war im Urlaub. Mit Hilfe der Sprachübersetzungs-App bestellte ich was ich wollte und schaute wie gewohnt erst einmal auf meine Apps.

Ich hatte Gott sei Dank keinen Empfang und kein Netz. Diesen Ort sollte ich mir merken.

Die Übersetzungs-App funktionierte auch off.

Als Mark mir das erklärte, fragte ich sofort:

„Wie off? Kann ich dann mein Smartphone ausmachen und es geht trotzdem? Wie sag ich ihm was ich wissen möchte? Kann ich off mit ihm reden?"

Dabei hatte ich mein ausgeschaltetes Smartphone in der Hand und sagte in es hinein. „Danke auf Spanisch."

„Mutti, also echt, das ist jetzt nicht dein Ernst, oder?" Mark schaute mich mit großen Augen erschrocken an, so als hätte ich den Verstand verloren.

„Off heißt doch nur, dass du auch ohne online zu sein und ohne Empfang zu haben die App nutzen kannst."

Bei seinem erschrockenen Anblick konnte ich nicht anders ich lachte mich schlapp.

In völliger Ruhe und Zufriedenheit genoss ich den Kuchen, den Blick auf das Meer und dachte grinsend daran zurück.

Danach fuhr ich zurück zum Hotel. Auf meinem Zimmer angekommen schaute ich nach Meldungen.

>Der ist echt süß< Ulrike.

>Ein Herzchen von Bernd< ich schickte eins zurück.

>Mutti wo ist die Fritteuse?< Mark

>Im Abstellraum, drittes Fach von oben< schrieb ich zurück. Da ich sie nicht so oft brauchte verstaute ich sie da.

>Schau ob das Fett noch gut ist.<

>Schon gefunden und Fett war noch gut, Pommes haben geschmeckt.<

Von Christine nichts.

Hm, entweder war sie echt sauer auf mich, oder auf der Lauer nach dem Smartphone.

Schnell zog ich meinen Badeanzug an, schnappte meine Strandtasche, stopfte zwei Handtücher, was zu lesen, Trinkflasche und Smartphone hinein und ging zum Pool.

Es waren außer mir noch ein älteres Pärchen, so etwa um die siebzig, und eine Dame in meinem Alter da.

Ich nahm mir einen der Liegestühle, legte mein Handtuch darauf, meine Tasche daneben und zog meine Schuhe aus, dann ging ich erst einmal ins Wasser.

Uhh, war das im ersten Moment kalt, aber keine Schwäche zeigen und rein. Ich merkte wie mich die anderen beobachteten.

Nach den ersten Schwimmzügen wurde es besser und dann zog ich eine Bahn nach der anderen.

Wieder draußen legte ich mich nach dem Abtrocknen auf die Liege und holte mein Buch heraus. Ich hatte extra eine leichte Lektüre eingepackt.

Zwischendurch sah ich verstohlen zu den anderen. Das ältere Paar hielt Händchen und lag ansonsten ruhig da.

Die andere Dame las auch, dann legte sie ihr Buch weg, stand auf und fing an Verrenkungen zu machen. Schon bald erkannte ich, dass es Yoga war.

Das hatte ich auch schon einmal in meiner Jugend gemacht, doch lange war es her.

Vielleicht sollte ich auch mal wieder damit anfangen.

Erstaunt stellte ich fest, dass die Dame immer wieder mal nach ihrem Smartphone sah.

„Ich habe eine Yoga-App auf meinem Smartphone. Sie zeigt mir die Übungen ganz genau.", erklärte sie mir, als sie sah dass ich ihr zusah.

Ich stand auf, nahm mein Smartphone und ging zu ihr.

„Sagen sie mir wie die App heißt?"

„Das ist die Yoga-für-alle-App." Die Dame stellte sich als Maren vor und wir beide setzten uns auf ihre Liege.

Sie zeigte mir wo ich die App finden konnte und ich lud sie runter.

Mit einem Blick auf die Uhr sagte sie.

„Ist bald Zeit zum Essen, was haben sie heute Abend noch vor?"

„Ich habe noch nichts geplant." War meine Antwort.

„Wenn ich richtig liege, sind sie auch alleine hier?" „Ja das bin ich."

„Heute Abend ist im Nachbarort eine Veranstaltung, da wollte ich hin, Lust mitzukommen?"

„Gerne." Das war ja toll, so musste ich nicht alleine los.

Das Smartphone hatte inzwischen schon die App installiert.

„Die ist ganz einfach und wenn du schon einmal Yoga gemacht hast, dann ist das kein Problem."

Wir gingen zusammen zum Schlafhaus und verabredeten uns für Gleich im Speisesaal.

Auf das Duschen verzichtete ich und zog mich nur um. Dann ging ich rüber.

Maren ließ nicht lange auf sich warten. Wir gingen zu meinem Tisch, da er am Fenster stand. „Schade dass ich morgen schon abreise." begann Maren die Unterhaltung.

„Ja das ist schade." Das fand ich wirklich, hatte ich doch die Hoffnung gehabt, dass wir zusammen die Insel erkunden könnten.

„Was du dir unbedingt ansehen musst, sind die Drachenhöhlen. Und das Konzert das da geboten wird, einfach toll."

Ja, daran konnte ich mich noch gut erinnern und es stand auf meinem Plan.

Ich erzählte ihr, dass ich schon öfter auf Mallorca gewesen bin, doch das erste Mal hier im Hinterland, und dass es sicher nicht das letzte Mal war.
Diesmal gab es eine Gemüsesuppe nach mallorquinischer Art, lecker.

Nach dem Essen machten wir uns zu Fuß auf den Weg in den Nachbarort. Dort waren schon jede Menge Menschen auf dem Marktplatz.
Ich verstand zwar kein Wort, doch die Atmosphäre war so gut, dass ich mitgerissen wurde. Mein Smartphone stellte ich auf Lautlos, um Niemanden zu stören.
Es wurden verschiedene Sachen auf der Bühne aufgeführt.
Bei den Sängern gingen alle mit und da es sich anscheinend um bekannte Lieder handelte, sangen auch alle mit.
Doch das Beste war die Aufführung von einigen Jungs die Sister-Act nachmachten.
Schon als sie verkleidet als Nonnen auf die Bühne kamen lachten alle. Man kannte sich eben, es war halt ein Dorf und die Jungs waren klasse.
Ich nahm ein Teil davon mit dem Smartphone als Video auf und ich war damit nicht die Einzige, fast jeder zweite hielt ein Smartphone hoch.
Maren und ich tranken leckeren Rotwein und genossen den Abend.
Ganz zum Schluss gab es dann noch ein Feuerwerk. Ein wirklich netter Abschluss für meinen ersten Urlaubstag auf der Insel.
Als wir dann wieder ins Hotel gingen waren Maren und ich nur am Lachen, wir hatten einen im Kahn.

Wir verabschiedeten uns im Eingangsbereich des Schlafhauses mit der Gewissheit, uns nicht wieder zu sehen, denn Maren musste am nächsten Tag früh los. Ich fiel sofort wie ein nasser Sack auf mein Bett.

22. Zweiter Tag auf Mallorca,
oder den Kater pflegen.

Als ich aufwachte brummte mein Schädel. Ich nahm mein Smartphone in die Hand, es lag auf dem Nachttisch.
Wann hatte ich es dahin gelegt? Ich erinnerte mich nicht mehr.
Es war erst 6 Uhr. Ich nahm mir eine Kopfschmerztablette und schlief wieder ein.
Beim nächsten Wachwerden und auf die Uhr schauen erschrak ich, denn es war kurz vor 10 Uhr.
Ohne zu Duschen zog ich mich an und ging schnell zum Frühstück.
Wieder einmal schien ich die letzte zu sein, diesmal war niemand mehr im Speiseraum.
„Gestern in S'Empeltada zu viel gefeiert?", begrüßte mich der Kellner.
Er hatte schon ein Kännchen Kaffee dabei.
„Scheint als ob ich den spanischen Wein nicht vertrage", antwortete ich leise.
„Ab einer gewissen Menge vertrage ich ihn auch nicht", erwiderte er schmunzelnd.
Ich grinste ihn an. „Ach hier ist ein Brief von Madame Michele für sie, " er gab mir einen Umschlag den er aus der Tasche gezogen hatte. Es war eine Postkarte von Maren.
>Sei weiterhin so relaxed und genieße deinen Urlaub. Maren<
Vorne war ein Sonnenuntergang zu sehen.
Kurz und bündig, keine Adresse, keine Telefonnummer.

Sie wusste wohl, dass ich mich nach einer so kurzen Bekanntschaft nicht melden würde. Zwar hatten wir uns super gut verstanden und amüsiert, doch das reichte einfach nicht.

Ich genoss mein Frühstück. Als ich wieder auf meinem Zimmer war schaute ich auf mein Smartphone. Neben den altbekannten Ermahnungen von der Trink-App, der Sport-App und diversen anderen Apps, zeigte es mir jede Menge WhatsApps an.

Zuerst las ich die von Bernd.

>Na, alles OK?< 20:14 Uhr

>Huhu, wo bist du?< 21:03 Uhr

>Scheinst beschäftigt zu sein, bis morgen.< 22:32 Uhr

>Guten Morgen Schatz.< 7:32 Uhr

>Alles klar?< 8:47 Uhr

>Melde dich mal.< 9:13 Uhr

Sofort rief ich ihn an.

„Na wieder im Lande?", wurde ich begrüßt.

Seine Stimme klang zum Glück nicht sauer.

„Ja, bin gestern mit einer anderen Touristin im Nachbarort bei einer Veranstaltung gewesen und der Rotwein war wohl nicht gut.", erklärte ich freundlich.

„Ja, ja, der spanische Wein.", kam es lachend vom anderen Ende.

Ich erzählte ihm was es am Vorabend auf dem Fest so gab und bei der Beschreibung der Jungen, die ‚Sister–Act' nachgemacht hatten, lachten wir beide.

„Und welche Pläne hast du heute?", wollte Bernd wissen.

„Mal sehen, zuerst einmal gehe ich die Nachrichten durch, die ich seit gestern verpasst habe, dann an den Pool."

„Mach dir einen schönen Tag, und stress dich nicht wegen der anderen. Keine Sorge, du bist im Urlaub und nicht verpflichtet, dich andauernd zu melden."
„Ich denke aber andauernd an dich und hätte dich gerne hier bei mir", sagte ich traurig. „Weiß ich doch."
Wir verabschiedeten uns noch mit allen möglichen Plänkeleien und beendeten dann unser Gespräch.
Als nächstes las ich die Nachrichten von meinem Sohn.
>Darf außer Günther auch Patrik bei mir schlafen?<
Vortag 20:13 Uhr
>Da du dich nicht meldest, nehme ich das als ja, danke.<
Vortag 20:20 Uhr
        Ja da kann er schnell sein. Ich schrieb zurück.
>Eigentlich hätte ich gerne gewusst, ob seine Eltern einverstanden sind.< 11:24
Dann jede Menge Nachrichten von Christine.
>So, Antons Smartphone durchsucht und nichts gefunden. Der muss alle Nachrichten gelöscht haben. Die paar Frauen, mit denen er geschrieben hat, kenne ich alle und da war nichts Verdächtiges. Doch das ist Verdächtig.< Vortag 19:43 Uhr
>Bist du unterwegs?< Vortag 19:50 Uhr
>Na, du hast es gut, du hast ja auch keine Sorgen.< Vortag 20:01 Uhr
>Solltest du irgendwann mal Zeit haben, kannst dich ja melden.< Vortag 20:13 Uhr
So ein Mist, ich bin im Urlaub, was kann ich für ihre Beziehungskrise?
Doch irgendwie zog ich mir den Schuh an und hatte ein schlechtes Gewissen.
>Sorry war gestern Abend unterwegs. Tut mir echt leid, dass es so schlecht aussieht zwischen euch.< 11:47 Uhr

Da ich jetzt keine Lust mehr darauf hatte mit jemanden zu kommunizieren, schaute ich nur kurz über die anderen WhatsApps, doch keiner war krank oder Tod. So ließ ich es dabei bewenden, packte meine Schwimmsachen und machte mich auf den Weg zum Pool.

Hier war es leer und ich suchte mir den schönsten Platz aus.

Dann legte ich ein mitgebrachtes Badetuch auf den Boden und schaute auf die Yoga-App. Die Anleitungen waren echt einfach und die Übungen kannte ich alle noch von früher. Danach sprang ich in den Pool und drehte einige Runden.

Als ich abgetrocknet auf meiner Liege lag, aktualisierte ich zuerst meine Sport-App.

Selbst das Tanzen gestern trug ich als Aktivität ein und Yoga war auch zu finden.

Dann nahm ich mir meine Abnehme-App vor und alle noch nicht eingetragenen Speisen kamen hinein, selbst den Wein vergaß ich nicht. Ob die Menge stimmte war eine andere Sache, ich wusste ja selbst nicht mehr, wie viel es gewesen war.

Doch der rote Balken, der sich auftat, sagte mir, dass es eins der verbotenen Dinge gewesen ist. Dabei hat er so gut geschmeckt.

Beim Eintragen aß ich zuerst eine Banane, dann einen Apfel und noch einen Pfirsich.

Der nette Kellner hatte, als ich vom Frühstück aufstand, noch gesagt:

„Nehmen sie sich nur reichlich Obst mit, das erspart das Mittagessen.", und das tat ich dann auch.

Kaum als ich mein Buch aus der Tasche gezogen hatte, um ein paar Seiten zu lesen, überkam mich eine große Müdigkeit und ich schlief gleich ein.

Ein Pfeifton weckte mich, ich hatte eine WhatsApp erhalten.

Als ich nachsah war es Christine.

>Na, du lässt es dir ja gut gehen. Wer sagt denn, dass es bei uns schlecht aussieht? Zwischen Anton und mir läuft es gut. Nur dass er immer mit anderen schreibt, ohne mir zu sagen wer es ist. Ansonsten kann ich nicht meckern.<

>Warum jammerst du dann so?< ,fragte ich verblüfft.

>Du würdest doch auch jammern, wenn dein Mann fremd gehen würde. Ach sorry, hast ja keinen.<

Hmm, das war typisch Christine, einen Reinwürgen wo man nur kann. Von Bernd und mir hatte ich auch ihr noch nichts erzählt.

>Ich werde mir jetzt ein bisschen die Gegend ansehen, bis dann.<

Ich hoffte sie ließ mich jetzt in Ruhe.

>Na dann mach dir einen schönen Tag.< Mehr kam nicht.

Jetzt war ich wach, ich sprang noch mal in den Pool und drehte ein paar Runden.

Dann legte ich mich nur leicht abgetrocknet wieder auf die Liege.

Mal sehen was mein Horoskop so sagte.

> Horoskop:
>
> >Nur nicht ärgern, lieber relaxen. Sollte Jemand sie nerven, behalten sie die Ruhe. Die Suppe nicht so heiß essen wie sie gekocht wird. Nach dem Abkühlen regelt sich alles von allein.<

Das nahm ich mir zu Herzen.

Ich blieb bis zum Abendessen am Pool und verbrachte die restliche Zeit mit Lesen, Schwimmen und WhatsApps schreiben mit Bernd. Das Geplänkel mit ihm tat mir gut.

Außerdem rief ich kurz Mark an, nur um mich zu vergewissern, dass die Eltern seines anderen Freundes darüber Informiert waren, dass er bei ihm schlief. Seine empörte Antwort war:

„Was du wieder denkst, na klar wissen sie Bescheid."

Vor dem Essen ging ich noch unter die Dusche und frisch an den Tisch.

Diesmal gab es einen leckeren Fisch mit Gemüse.

Danach setzte ich mich ins Auto und fuhr nach Port de Soller.

Mithilfe meiner Reise-App suchte ich ein paar Sehenswürdigkeiten raus. Neben der Pfarrkirche des Heiligen Raimund von Pennyafort sah ich mir auch das ehemalige Oratorium der Heiligen Katharina von Alexandrien, das heute als Museum genutzt wird, an.

Nicht nur mit meiner Digitalkamera, sondern auch mit dem Smartphone machte ich Fotos.

Als ich mich dann zum Strand begab, zog ich meine Schuhe aus und lief barfuß über den Sand. Dann suchte ich mir einen schönen Platz in einem Bistro mit Blick auf das Meer.

Ich genoss einen alkoholfreien Hugo und schickte Bernd einige der Fotos, die ich gemacht hatte.

Auch an meinen Vater und an Mark schickte ich per WhatsApp Bilder.

Dann machte ich mich auf den Weg zum Hotel.

Den restlichen Abend lies ich noch auf der Terrasse des Hotels ausklingen, dabei gönnte ich mir einen Wein.

Als ich die Abnehme-App aktualisierte und eintrug was noch fehlte, wurde der Wein von der netten Dame von der Rezeption gebracht.

„Wir machen uns einfach zu abhängig von diesen Smartphones. Ich würde meins manchmal so gerne im Klo versenken."

Irgendwie hatte sie Recht, doch als dann eine Liebeserklärung von Bernd kam, war ich froh darüber.

Auf meinem Zimmer rief ich Bernd an. Ich berichtete von meinem Tag und als ich dann von Christine erzählte, ließ ich nichts aus.

„Wie kannst du diese Frau deine Freundin nennen? Du bist im Urlaub und sie macht dir Vorwürfe, dass du im Urlaub bist. Und dann dieser Spruch, dass du ja keinen Mann hast. Einfach unverschämt." Bernd war entrüstet.

„Sie hatte halt einige beschissene Beziehungen."

Warum nahm ich sie denn jetzt in Schutz?

Bernd schien zu merken, dass ich nicht gerne darüber redete, denn er wechselte das Thema.

„Um deinen Sohn und deine Wohnung brauchst du dir keine Sorgen zu machen, ich war heute einige Zeit bei ihm. Die Jungs die da sind, sind klasse, ich baue eine Internetseite mit den Dreien. Und deine Wohnung steht noch, zumindest zur Hälfte."

Ich sah ihn geradewegs Lachen, oh wie ich sein Gesicht vermisste.

„Nein im Ernst, alles bestens." Ich dankte ihm, doch er tat es ab, wäre doch selbstverständlich.

Beruhigt legte ich auf und machte mich Bettfertig. Schnell schlief ich ein und träumte von mir und Bernd am Pool.

23. Dritter Tag Mallorca,
oder richtig Urlaub ist anders.

Als mein Smartphone heftig klingelte war ich sofort wach. Noch total verschlafen tastete ich danach und ging ran.

„Hallo?", war alles was ich rausbekam.

„Du glaubst nicht was dein Vater sich diesmal geleistet hat."

Es war meine Mutter die mir da in das Smartphone schrie. Ich hielt es sofort von meinen Ohren weg.

„Dir auch eine guten Morgen."

ich setzte mich langsam auf.

Als ich auf meine Armbanduhr schaute erschrak ich, es war gerade mal fünf Uhr früh.

„An diesem Morgen ist gar nichts gut", stöhnte meine Mutter.

„Jetzt in diesem Alter fällt deinem Vater ein, er könnte doch mal Angeln gehen und weißt du wann man da los muss? Jetzt."

Irgendetwas hörte ich im Hintergrund und ich glaubte es war mein Vater.

„Ich telefoniere mit deiner Tochter, sie ist der gleichen Meinung wie ich." hörte ich meine Mutter meinen Vater anschreien.

„Ich muss mit. Jetzt, es ist dunkel und kalt und ich glaube es nieselt."

Sprach sie jetzt wieder mit mir?

„Und das alles nur weil er dieses Angelzeug gewonnen hat. Ach ja, sein Argument ist, dass er ja schließlich auch mit bei meinem Pilates war. Er war der Einzige der glücklich war, da ich mir den Rücken dabei verrenkt habe und somit aufhören musste."

Wieder war was im Hintergrund zu hören.

„Du hast ja gut reden, du hast ja keine Probleme mit deiner Blase, ich habe andauernd Entzündungen und muss Antibiotika nehmen, nicht du. Glaubst du da würde mir das draußen sitzen gut tun?" Kurze Pause, im Hintergrund Gemurmel.

„Siehst du, egal was ich sage, es interessiert ihn nicht, ich muss mit. Wenn du nichts von mir hörst, hat er mich als Fischköder benutzt.", und aufgelegt.

Verdutzt schaute ich mein Smartphone an, hatte ich das gerade wirklich erlebt?

Und war das die gleiche Person, die sich letztens mit ihrem Mann hat einen steilen Hang abseilen lassen?

Da ich jetzt wach war und eh nicht mehr hätte einschlafen können, zog ich meine Sportsachen an, nahm meine Walkingstöcke und fuhr mit dem Auto zu einem Punkt, der auf der Wander/Lauf- und Walking-Karte in der Nähe eingezeichnet war.

Diesmal war die Runde ein Traum und da ich so früh unterwegs war, sah ich die Sonne noch über dem Meer aufgehen.

Gestärkt und motiviert kam ich danach auf mein Zimmer, ging duschen und setzte mich erst einmal nur mit einem Handtusch auf dem Kopf und um den Körper auf mein Bett.

Hier nahm ich mein Smartphone und aktualisierte alle meine Apps.

Diesmal schaute ich auf die Uhr und war überrascht, das dauerte tatsächlich 30 Minuten. Ach was soll's, bin im Urlaub und habe Zeit, dachte ich mir. Ich schrieb Bernd eine kurze Guten-Morgen-Nachricht und schaute mal eben in mein Horoskop.

>Der heutige Tag beginnt im *Guten*, steigert sich auf *Wirklich-Wunderbar*, wird aber gegen Abend auf *Verheerend* landen.<

Toll, der hat doch eher verheerend angefangen, dann kann er sich nur steigern, dachte ich.

Zum Frühstück nahm ich schon meine Handtasche und meine Strandtasche mit. Ich wollte, sobald ich gegessen hatte, losfahren.

„Ah heute so früh unterwegs?", wurde ich vom Kellner begrüßt.

„Ja, das Wetter ist herrlich und ich möchte noch was von der Insel sehen.", erwiderte ich freundlich.

Als er meinen Kaffee brachte hatte er auch eine Papiertüte dabei.

„Wenn sie so viel unterwegs sein wollen, nehmen sie sich was zu essen mit.", sagte er und gab mir die Tüte. Und genau das machte ich. Ich schmierte mir zwei Brötchen und steckte noch Obst ein.

Doch bevor ich los konnte meldete mein Smartphone eine WhatsApp.

Es war Christine >Hallo<, mehr nicht.

Ich ignorierte es und machte mich auf den Weg.

Zuerst fuhr ich nach Porto Cristo, dafür musste ich einmal quer über die Insel.

Unterwegs kam ich in einem Ort an einem Markt vorbei. Da es noch recht früh war hielt ich an.

Es handelte sich um eine Mischung aus Wochen-, Vieh- und Touristenmarkt.

Wie wunderbar es war, darüber zu bummeln.

Obwohl ich allen gesagt hatte, dass sie nichts von mir bekommen würden, konnte ich nicht anders. Ich kaufte für Bernd ein echtledernes Portmoney, das ich mit viel Handeln meiner Meinung nach preiswert erstand, für Mark ein Fußballtrikot seines Lieblingsspielers, das eh schon billig war und da meine Mutter mich heute Morgen schon genervt hatte, zur Strafe für sie, eine furchtbar kitschige Vase.

Mir selbst gönnte ich ein herrliches Armband.

Am schlimmsten war es für mich, über den Viehmarkt zu gehen. Hier gab es alles, von der Kuh zur Ziege und zum Huhn, dann Kaninchen und Hunde, und jede Menge Singvögel.

Am liebsten wäre ich hingegangen und hätte sie alle frei gelassen.

Auf der Mallorca-Internetseite wurde ausdrücklich davor gewarnt, ja nicht auf die Idee zu kommen und so einen Vogel zu kaufen, um ihn dann frei zu lassen.

Die hier angebotenen Vögel wären Züchtungen, die in der Freiheit nicht zu Recht kämen, also gab ich dem Drang nicht nach.

Danach setzte ich meine Fahrt fort. Als ich das erste Schild, das zur Drachenhöhle wies sah, hielt ich mich daran.

Sobald ich dort ankam und einen Parkplatz gefunden hatte, machte ich mich auf den Weg zur Höhle und buchte neben einer Führung auch das Konzert.

Es war faszinierend durch die Höhle zu gehen, all die Stalaktiten und Stalakmiten zu sehen die Gebilde formten und dann kamen wir an den unterirdischen See, ein Traum.

Nach oben hin war eine große Höhle, vor dem See Sitzreihen, auf denen schon einige Leute saßen. So suchte auch ich mir einen Platz und da es noch was dauerte, holte ich mein Smartphone raus. Zwar hatte ich hier keinen Empfang, konnte aber Fotos machen.

Doch ich zückte auch meine Digitalkamera und fotografierte damit.

Es war sehr laut hier, denn die Akustik in der Höhle war gigantisch. Leider waren auch einige Kleinkinder mit, die wohl Angst bekamen, denn viele weinten.

Und dann ging es los. Klassische Klänge erschallten und alle anderen hörten auf zu reden. Sogar die Kinder waren ruhig, denn da kam es, das Boot.

Darauf befand sich ein Klavier mit dem dazugehörigen Pianisten, eine Cello Spielerin mit ihrem Instrument und ein Geiger.

Sie präsentierten uns altbekannte Stücke, mein Herz ging auf.

Ich vermisste Bernd. Ich bekam nicht nur Gänsepelle und Angst mir hier in der kalten Höhle eine Gänsehautentzündung zu holen, sondern auch Pippi in den Augen, einfach herrlich.

Für mich war alles viel zu schnell vorbei und alle drängten zum Ausgang.

Draußen angekommen traf mich nicht nur die Sonne wie ein Schlag, nein auch mein Smartphone tat wie abgerissen.

Neben den altbekannten Apps, die sich über meinen Mangel an Interesse an ihnen beschwerten, waren auch jede Menge WhatsApps, sowie einige SMS da.

Ich schaute nur kurz bei den WhatsApps nach einer Nachricht von Bernd, und da war ein Herz, mehr brauchte ich nicht.

Den Rest ignorierte ich. Ich wollte noch zum Strand und mir nicht hier und jetzt die Laune verderben lassen.

Ich fuhr nach Cala Millor und fand anhand meiner Mallorca-App ein nettes Plätzchen, hier war es nicht so überfüllt.

Nachdem ich mir einen Platz zurecht gemacht hatte, ging ich erst einmal im Meer schwimmen. Das hatte ich die ganze Zeit schon vermisst, deshalb war ich hier.

Danach ließ ich mich am Strand in der Sonne trocknen und aß etwas.

Da mein Smartphone keine Ruhe gab, erbarmte ich mich schließlich. Leider hatte ich hier am Strand guten Empfang.

Zuerst einmal die Apps aktualisiert, dann ein paar Yoga-Übungen gemacht, damit sich diese App nicht vernachlässigt fühlte.

Dann nahm ich mir die SMS vor, es waren zwei, beide von meiner Mutter.

Einmal um mir zu sagen, dass es gar nicht so schlimm war das Angeln und eine, um zu prahlen, was ihr toller Mann doch für ein Hecht war, oder hatte er einen Hecht gefangen?

Ganz schlau wurde ich nicht daraus.

Als ich dann meine WhatsApps anschaute wurde mir übel, so viele waren es.

Zuerst sah ich mir die von Mark an, die waren harmlos. Er schwärmte von Bernd, was sie doch für eine tolle Seite bauten, ich müsste unbedingt mal drauf schauen.

Das tat ich. Für mich sah sie aus wie jede andere, für meinen Sohn war sie die größte.

Dann kam Christine. Sie jammerte weiter, dass ihr Anton sie sicher betrügen würde, was anderes konnte es nicht sein, und es war schlimm, dass ich mich gerade dann, wenn sie so schlimm dran war, im Urlaub befand, wie konnte ich nur.

Ich antwortete nicht darauf, ich grunzte nur ärgerlich.

Dann war eine Nachricht von Martin.

>Eigentlich wollte ich dich im Urlaub nicht belästigen, doch hier ist gerade die Hölle losgebrochen. Irgendjemand hat herausbekommen, dass ich Schwul bin und nun geht hier die Post ab. Was ich mir so anhören muss ist finsteres Mittelalter.

Ich freu mich wenn du wieder da bist und hoffe ich halte es bis dahin aus. Leider musste ich dich damit behelligen, denn ich denke du wirst es von den anderen erfahren.

Drück dich Martin<

Och Gott Nein! Jetzt ging das los, genau wie wir befürchtet hatten.

Ich war die einzige die davon wusste, und die seinen Lebensgefährten kannte.

Mist. Ich schrieb zurück.

>Ich drück dich ganz doll und schicke dir jede Menge Kraft.<

Die anderen WhatsApps waren tatsächlich von Arbeitskollegen, die mir alle die Neuigkeit brühwarm erzählen wollten.

Und dann von Ulrike. >Hast du schon das von Martin gehört? Der ist Schwul!<

Ich schrieb zurück. >Na und?< Mehr fiel mir dazu nicht ein, sofort kam.

>Der hat das nie erzählt.<

>Muss er ja auch nicht.<

>Mensch ich dachte immer ihr hättet was miteinander.<

>Haben wir ja auch, Freundschaft. Sorry ich bin gleich weg, hab keinen Empfang mehr.<

Das war mir zu blöd.

Ich schickte Bernd einige Bilder, die ich gemacht hatte. Dann steckte ich das Smartphone weg und holte mein Buch raus, doch konzentrieren konnte ich mich nicht, mir ging Martin nicht aus dem Kopf, der arme Kerl.

Ich klingelte Bernd an und er ging zum Glück ans Telefon.

Zuerst plänkelten wir ein bisschen, so wie es sich bei Verliebten gehörte, dann erzählte ich ihm die Geschichte mit meiner Mutter und dann die von Martin.

Da Bernd ihn auch kannte war er bestürzt.

„In welchem Jahrhundert leben wir denn, wenn das so ein Problem ist." Er war entrüstet.

„Keine Ahnung, ich dachte auch, dass das kein Thema mehr wäre, " stöhnte ich.

„Und die dachten echt ihr wärt ein Paar?", fragte Bernd nach.

„Wir waren viel in den Pausen zusammen und auch so haben wir oft getratscht.

Das sah für die Anderen wohl so aus als hätten wir was miteinander." erklärte ich.

„Ich hasse es wenn andere voreilige Schlüsse ziehen und wenn sie die Menschen so bewerten."

Ja genau so sah ich das auch.

„Am besten du machst dein Smartphone aus, dann können die anderen dir gestohlen bleiben." schlug Bernd vor.

„Und was ist dann wenn bei Mark was sein sollte? Oder wenn du mich erreichen willst?"

„War ja nur ein Vorschlag. Um Mark kümmere ich mich und ich weiß, dass du an mich denkst, auch wenn wir nicht telefonieren oder texten." Er versuchte zu vermitteln.

„Ach, ich werde damit schon fertig." Dann lenkte ich vom Thema ab indem ich von der Höhle berichtete.

Nachdem wir aufgelegt hatten ging ich noch einmal ins Meer.

Als ich wieder trocken war packte ich meine Sachen zusammen und machte mich auf den Weg zurück zum Hotel.

Unterwegs rief mich Jemand an. Da ich keine Freisprecheinrichtung hatte lies ich es klingeln, doch kurze Zeit später rief wieder jemand an, auch diesmal lies ich es klingeln.

Beim dritten Mal konnte ich nicht anders und hielt am Straßenrand an.

Es war Christine. „Du bist ja schwerer zu erreichen als der Papst." sagte sie sofort.

„Ich grüße dich auch."

„Ich steck in einer Krise, Anton hört einfach nicht auf zu schreiben und dann immer dieses Lächeln im Gesicht."

„Hast du ihn mal darauf angesprochen?" fragte ich.

„Bist du verrückt, der denkt dann ich bin total eifersüchtig." Sie war entrüstet.

„Aber sonst bekommst du keine Klarheit." Ich seufzte.

„Na du hast es ja einfach, als Single." Sie wurde schnippisch.

„Jetzt hör auf, ich bin nicht allein." Man war ich sauer.

„Ach du hast mir verheimlicht, dass du jemanden hast? Na dann weiß ich ja woran ich bin" und schon hatte sie aufgelegt.

Entrüstet schüttelte ich den Kopf und machte mich wieder auf den Weg.

Mein Smartphone pfiff, ich hatte wieder eine WhatsApp erhalten.

Das ignorierend fuhr ich weiter.

Im Hotel angekommen brachte ich zuerst meine Sachen auf mein Zimmer und ging dann zum Essen. Diesmal gab es einen Salatteller mit Putenbrust. Doch so richtig genießen konnte ich es nicht. Ich war so sauer auf Christine.

Nach dem Essen setzte ich mich auf die Terrasse und gönnte mir ein Glas Wein. Ich rief Bernd an und erzählte ihm von Christines Anruf.

„Die ist ja wohl total bescheuert." Bernd so zu erleben war neu für mich, er war echt sauer.

„Ignoriere ihre Anrufe und schmeiß sie von deinem Smartphone runter." Er war wirklich wütend. Ich erschrak und konnte nicht anders, ich nahm Christine mal wieder in Schutz.

„Sie hat es halt nicht leicht. Deshalb ist sie so, sonst ist sie anders." „Nimm sie bitte nicht in Schutz, wenn sie eine echte Freundin wäre würde sei dich nicht im Urlaub so belästigen." Bernd war nicht zu bremsen.

Er hatte ja recht, ich versuchte wieder einzulenken.

„Bitte vergiss sie einfach, genieße deinen Rest Urlaub."

Bernd wurde wieder freundlicher.

Nachdem ich ihm versprochen hatte, dass ich das machen würde, verabschiedeten wir uns für den Tag.

Weil ich noch so aufgewühlt war setzte ich mich noch einmal ins Auto, fuhr nach Port Andrax, setzte mich in ein Cafe und genoss den Sonnenuntergang über dem Meer.

Das Smartphone hatte ich auf lautlos gestellt.

So ließ ich den Abend ausklingen.

Bevor ich dann ins Bett ging schaute ich doch noch mal auf mein Smartphone, es waren keine weiteren Horror-Nachrichten gekommen. Die Apps aktualisierte ich auch noch, dann versuchte ich zu schlafen.

20. vierter Tag Mallorca,
oder ein Orkan kommt selten allein

Die Nacht war sehr unruhig. Ich träumte, dass mir immer wieder Horror-Apps um den Kopf gehauen wurden. Trotzdem ich weglief, sie verfolgen mich.

Schweißgebadet wurde ich wach. Es war 7:32Uhr als ich auf mein Smartphone sah.

Wieder fuhr ich zum Walken an die Stelle vom Vortag. Danach ging es mir schon besser und nach dem Duschen war ich fit.

Ohne auf mein Smartphone zu schauen ging ich zum Frühstück.

„Guten Morgen." Der Kellner kam gleich mit meinem Kaffee.

„Guten Morgen, Danke." sagte ich.

„Und den Tag gestern genossen?"

Ich erzählte kurz was ich so erlebt hatte, natürlich ohne die Probleme zu erwähnen.

„Heute sollten sie vorsichtig sein, es stehen uns Unwetter ins Haus." warnte er mich.

Nachdem ich mir wieder was zu essen eingepackt hatte, ging ich erst mal auf mein Zimmer. Jetzt nahm ich mir mein Smartphone vor.

Die Apps wurden wieder aktualisiert, und dann schaute ich nervös auf meine WhatsApps. Doch hier war nur eine vom Vortag von Christine.

>Jetzt weiß ich ja, wo ich bei dir dran bin.< mehr nicht. Ich ignorierte sie.

Bernd begrüßte ich mit einem Kussmund, dann packte ich meine Sachen.

Doch ich hatte meine Yoga-App vergessen, sie beschwerte sich mit einem Brummton.

Als ich drauf ging kam: „Wollen sie nicht mal wieder Yoga machen?"

Ich tippte auf >Jetzt nicht.<

Dann schaute ich noch schnell auf die Wetter-App für Mallorca, hier war nichts von Unwetter zu sehen. Auch auf meine Horoskop-App schaute ich noch.

Das Horoskop sagte:

>So locker wie der Tag beginnt, wird er nicht bleiben. Er wird stürmisch in allen Dingen enden.<

Ach das passte ja mal wieder auf alles, können die nicht einmal was genauer sein?

Jetzt machte ich mich endgültig auf den Weg. Um nicht weiter gestört zu werden, stellte ich mein Smartphone auf stumm.

Auf meiner Mallorca-App hatte ich mir erst einmal Port de Sa Calobra rausgesucht.

Der Weg dahin war schon ein Erlebnis.

Dort angekommen schaute ich mich erst einmal um und lies die Kamera klicken. Zum Glück hatte ich eine Ersatz-Speicherkarte dabei, denn ich fand immer neue Motive, ein hoch auf die Digitalkamera.

Dann ging ich etwas an den Strand und ab ins Meer.

Als ich dann zum Trocknen auf meinem Handtuch saß, konnte ich nicht anders, ich holte mein Smartphone raus und aktualisierte meine Apps.

Auch schaute ich mir an was bei WhatsApp angekommen war.

Bernd hat mir nur geschrieben, dass ich mir einen schönen Tag machen soll und er freut sich schon auf das Telefonat am Abend.

Von Christine war nichts gekommen, das fand ich auch nicht schlimm.

Ulrike hatte geschrieben wie enttäuscht sie von mir sei, dass ich ihr nicht vorher erzählt hatte, dass Martin Schwul ist. Meine Antwort darauf war. >Ich wusste nicht, dass es wichtig ist.<

Während ich noch Nachrichten von anderen Bekannten las und beantwortete kam ein Fischer zu mir und sprach mich auf Spanisch an.

Da ich nicht wirklich was verstand, lächelte ich ihn nur freundlich an.

Er zeigte wild gestikulierend zum Himmel. Ich konnte nicht wirklich was erkennen. Da war zwar eine dunkle Wolke, doch die Wetter-App hatte ja nichts angekündigt.

Trotzdem packte ich meine Sachen und machte mich auf den Weg.

Mein nächstes Ziel war Port de Pollenca.

Auf dem Weg dorthin kam ein wenig Wind auf, doch diese Abkühlung tat gut.

In dem Ort angekommen suchte ich mir eine Kleinigkeit zu essen.

Der Himmel bewölkte sich mehr und mein Smartphone, das ich mittlerweile wieder auf Ton gestellt hatte, meldete mir, dass ich eine WhatsApp erhalten hatte.

Es war Christine. >Was fällt dir ein, deinen Wachhund auf uns zu hetzen.<

>???< war meine Antwort.

>Hier war jemand der er sich als dein Lover vorstellte und er hat lange mit Anton geredet. Ich habe sie durch Zufall gesehen und gefragt was los ist, und beide haben mir nichts erzählt. Das einzige was ich mitbekommen habe ist, dass er wohl dein Stecher ist.<

Das muss wohl Bernd gewesen sein. Ich schrieb ihn an und fragte nach.

>Ja das war ich, ich wollte für dich Ordnung da rein bekommen. Es ist nichts schlimmes was da läuft, ich erzähle es dir heute Abend.< war seine Antwort.

Meine Antwort darauf war ein Smiley der ein Herz küsste.

Christine schrieb ich >Ja, das war Bernd, mein Freund.<

>Ach, ich dachte ich wäre deine Freundin, doch der erzählt man so was nicht.< kam es von Christine schnippisch.

>Ich wollte warten bis es richtig fest ist.< Das wollte ich wirklich.

> Na dann.< Mehr kam nicht

Da ich keine Lust hatte weiter darauf einzugehen, packte ich mein Smartphone weg und machte mich wieder auf den Weg.

Jetzt wollte ich nach Cap Formentor. Es fing zwar an zu nieseln, doch das schreckte mich nicht ab.

Die Fahrt dorthin ging über richtige Serpentinen, doch der Weg hatte sich gelohnt bei dem Ausblick der mich empfing.

Langsam wurde aus dem Nieseln leichter Regen. Kaum war ich angekommen bemerkte ich, dass alle anderen die da waren, sich auf den Rückweg machten.

Schön, dann war ich ungestört.

Ich setzte mich auf die Steinmauer und als der Regen kräftiger wurde ging ich zum Wagen, kaum war ich drin kam der Weltuntergang.

Das kam mir auf jeden Fall so vor, denn es wurde von einer Sekunde zur anderen total dunkel und die Wolken öffneten sich, der Regen kam nur so in Massen runter.

Dann fing es an zu blitzen und donnern.

Im Auto fühlte ich mich sicher und wartete erst einmal ab. Von solchen Schauspielen war ich fasziniert und über dem Meer spielten sich tolle Szenen ab.

Als es dann ein wenig nachließ, machte ich mich auf den Weg zurück.

Die Straßen waren richtig überflutet und ich musste mich sehr beim Fahren konzentrieren. Weiter unten waren einige Autos in den Graben gefahren.

Zurück in Porte Polenca fuhr ich einen Supermarkt an. Ich brauchte was zu Trinken und da die Fahrt anstrengend gewesen war, hatte ich Lust auf Schokolade.

Kaum war ich drin, ging es draußen wieder los. Dann fiel auch noch der Strom im Supermarkt aus und wir standen für kurze Zeit im Dunkeln.

Nachdem der Strom wieder da war wartete ich, wie auch andere darauf, dass der Regen etwas nachlassen würde, da blitzte und kurz darauf donnerte es.

Die Dame neben mir sagt etwas auf Spanisch zu mir, leider verstand ich kein Wort. Doch da ich ja ein netter Mensch war lächelte ich und nickte.

Da machte die Dame ein entsetztes Gesicht und bekreuzigte sich.

Mein Smartphone schrillte, toll bei dem Weltuntergang hatte ich tatsächlich Netz, ohne auf das Display zu schauen ging ich dran.

„Jetzt sag mir endlich was dein Typ von Anton wollte." Es war Christine.

Da der Regen mit voller Kraft auf das Wellblechdach des Supermarktes prasselte, war sie schwer zu verstehen, ich hätte es lieber gehabt gar nichts zu hören.

„Was ist das für ein Lärm bei dir, wo bist du?", kam deshalb auch als nächstes von ihr. Da der Regen ein klein wenig nachließ wagte ich es und rannte mit Smartphone am Ohr zum Auto.

Doch da drin war es auch nicht besser, außerdem liefen die Scheiben sofort an, weil ich nass geworden war.

„Hallo? Hallo hörst du mich?" ich knatterte ein bisschen und tat so, als hätte ich keinen Empfang mehr, dann legte ich auf.

Erschöpft ließ ich mich in den Sitz sinken. So ein Mist, die konnte einem echt den Urlaub verderben.

Von der Rückbank zog ich ein Handtuch aus meiner Strandtasche und wuschelte damit durch meine Haare. Dann nahm ich meinen dünnen Schal, um damit die angelaufenen Scheibe von innen abzuwischen. Mit der Lüftung auf volle Pulle fuhr ich zurück zum Hotel.

Da meldete sich wieder mein Smartphone.   „Was sollte das eben, was war da los?" Es war wieder Christine.

„Moment ich such mir einen Parkplatz." Ich legte das Smartphone auf den Beifahrersitz und nahm die nächste Parkmöglichkeit.

„So da bin ich wieder, hier war gerade ein heftiges Unwetter, echt ein Weltuntergang." „Weltuntergang habe ich hier auch, was glaubst du wie es mir geht?", fragte Christine entrüstet.

Ein Stöhnen entrann meinen Lippen. „Du brauchst gar nicht stöhnen, du bist ja frisch verliebt und ich steh kurz vor der Scheidung." Wie immer war sie theatralisch.

„So schlimm wird es schon nicht sein." versuchte ich einzulenken.

„Bitte, bitte frag mal nach, was dein Liebster herausbekommen hat."

Ach jetzt war es auf einmal mein Liebster und nicht mehr mein Stecher.

„Das kann ich erst heute Abend, vorher erreiche ich ihn nicht."

„Oh mann, ich drehe gleich durch, aber heute Abend rufst du ihn an."

„Ja mache ich." Ich sah sie förmlich vor mir, wie sie Haare raufend durch ihre Wohnung lief. Das Lachen, was hochkam, verkniff ich mir.

„Gut, ruf mich dann sofort an." Nachdem sie endlich aufgelegt hatte fuhr ich weiter, da ging mein Smartphone schon wieder los. Also die nächste Parkmöglichkeit angefahren, mann so kam ich doch nie ins Hotel.

Diesmal war es Ulrike. „Sag mal, du hast einen Lover?"

Woher wusste die das denn? „Ja, und?", fragte ich.

„Nichts na und, ich frag ja nur." Aha, sie hatte irgendetwas aufgeschnappt und wollte nun Details erfahren, aber nicht mit mir.

„Hier war gerade echt ein heftiges Unwetter", lenkte ich vom Thema ab.

Sie schien zu merken, dass da nichts zu erfahren war und so ließ sie es bei Belanglosem. Danach schrieb ich Martin über WhatsApp und teilte ihm die Neuigkeit mit.

Jetzt hoffte ich ungestört zurückfahren zu können, doch schon nach kurzer Zeit kam wieder ein Anruf, also wieder anhalten.

„Mama, darf ich am Wochenende mit Günther Zelten fahren?"

„Mark?" fragte ich.

„Kennst du sonst jemanden der Mama zu dir sagt?" kam es patzig von ihm.

„Der nette Sohn im Parallel-Universum."

„Mama, jetzt im Ernst, darf ich?" Die ganze Zeit seitdem ich auf Mallorca war, hatten wir nur geschrieben. Jetzt war es das erste Mal, dass wir telefonierten, und dann wegen so was.

„Wo wollt ihr denn Zelten?"

„Das wissen wir noch nicht. Ich wollte Bernd mal fragen. Er hat doch irgendwo am Baggersee ein Grundstück, vielleicht dürfen wir da."

„OK, ich telefoniere heute Abend mit ihm, vorher kann er nicht, dann frag ich ihn."

„Du bist die Beste." und weg war er. Bernd hatte ein Grundstück am See?

Er wurde mir immer sympathischer. Gab es eigentlich eine Steigerung von sympathisch zu sympathischer?

Ja, ich glaube das hieß Liebe. Also ich wurde das Gefühl nicht los, dass ich so richtig verliebt war.

Jetzt kam ich ohne weitere Störungen weiter und war gerade noch pünktlich zum Essen im Hotel.

Diesmal gab es eine Paella und nachdem ich bei der letzten so abgelenkt war, betätigte ich die Stummtaste. Herrlich diese Ruhe.

„Und Señora, das Unwetter heil überstanden?" Der Kellner sah mich besorgt an.

Mein Bericht von der Fahrt schien ihn schon etwas zu erschrecken, doch als ich ihm von der netten Spanierin im Supermarkt erzähle, die sich plötzlich bekreuzigt hatte, fing er laut an zu Lachen.

„Oh Señora, hier auf der Insel haben die Einwohner richtig Angst bei Gewitter. Viele denken der Blitz trifft sie."

Oh mein Gott, dann hatte die Dame vielleicht gesagt wir müssten alle sterben und ich habe nur gelächelt?

Kein Wunder, dass sie sich bekreuzigt hat.

Das Essen war klasse, so wie immer.

Danach ging ich auf's Zimmer, aktualisierte erst mal meine Apps, damit sie mich nicht immer daran erinnerten und rief dann Bernd an. Er ging nicht dran, nur seine Mailbox.

Da der Regen aufgehört hatte, beschloss ich einen Spaziergang zu machen. Das würde auch meine Sport-App freuen, für die hatte ich an dem Tag zu wenig gemacht.

Ich ging den Weg oberhalb der Klippen entlang, die Aussicht war klasse.

Nach dem Regen und Gewitter erstrahlte alles im neuen Licht. Leichter Nebel stieg da und dort auf, die Luft war gereinigt.

Ich setzte mich auf einen Vorsprung und genoss die Aussicht, in dem Moment brach die Hölle los.

Es fing damit an, dass ich eine WhatsApp von Martin erhielt.

>Ich wollte dich im Urlaub nicht belästigen, aber hier ist echt was los.<

>Was ist denn los, erzähl.< schrieb ich aufmunternd zurück.

>Jetzt geht das Gerücht rum, wir hätten was miteinander gehabt. Also sagen alle ich wäre Bi.<

>Echt jetzt?<

Als Nächstes bekam ich auch eine Nachricht von Ulrike, als hätte sie es gerochen.

>Du der arme Martin macht gerade was durch.<

>Ja, was denn?< Ich tat als wüsste ich von nichts. Jetzt schrieb ich also schon mit Zweien.

Martin >Ja, die glauben ich wäre Bi und die überlegen schon ob du nicht auch Bi bist.<

Ich an Martin >Die spinnen doch wohl.<

Ulrike >Die haben das Gerücht in die Welt gesetzt er wäre BI.<

Ich an Ulrike >Wer war das?<

Da kam der nächste, es war Mark.>Hallo Mam, wie geht's?<

Ich an Mark >Was ist los?< Wenn er so anfing stimmte was nicht

Martin >So sehe ich das auch,<

Ulrike > Ich glaube Sabine steckt dahinter, die war ja schon immer neidisch auf dich.<

Ich an Martin >Weißt du wer es war?<

Mark >Wir haben ausversehen deine Jing Vase zerdeppert.< Endlich mal eine gute Nachricht, dieses olle Ding hatte ich von meiner Oma geerbt und ich hasste sie. Doch da es ein Andenken war, traute ich mich nicht sie wegzuschmeißen.

Ich an Mark >Wie ist das denn passiert?<

Ich an Ulrike >Echt jetzt? Habe ich gar nicht gemerkt.< stimmte ja auch.

Da kam eine SMS von meiner Mutter. >Du hattest noch das scheußliche Ding von meiner Mutter? Mark hat angerufen, er ist total verzweifelt weil die Vase jetzt kaputt ist, ich hätte sie ja schon längst weggeschmissen. Mach dem Jungen nicht die Hölle heiß. Wenn es sein muss kauf ich dir so ein Teil, gibt es zu Hauf auf dem Trödel.<

Wie jetzt, als sie mir die Vase damals gab waren ihre Worte: „Halte sie in Ehren, sie ist das letzte was du von deiner Oma hast." Die hat sie mir nur gegeben, damit sie sie nicht nehmen muss.

>Ich werde ihm schon nicht den Kopf abreißen.< antwortete ich meiner Mutter.

Ich an Mark >Was habt ihr denn gemacht, dass die Vase kaputt gegangen ist?<

Ulrike an mich >Ja, hast du das denn nie gemerkt? Die hat sich doch oft auch so angezogen wie du.<

Martin >Was habe ich kaputt gemacht?< Ups Nachricht an den Falschen rausgegangen.

Ich an Martin >Die Nachricht war für Mark sorry. Sind zu viele.<

>Weißt du jetzt endlich was von deinem Lover?< Da kam jetzt auch noch Christine.

Ich schickte die Nachricht an Mark, die aus Versehen Martin erhalten hatte, dann schrieb ich an Ulrike.

>Ne habe ich nicht gemerkt.<

Ich an Christine >Der ist noch nicht zu erreichen.<

Martin an mich. >Ach so, was ist denn kaputt gegangen? Und ich weiß nicht wer es war. Einige vermuten es wäre Sabine, weil die ja neidisch auf dich ist.<

Hatte er mit Ulrike gesprochen? >Hast du mit Ulrike gesprochen?< Schrieb ich ihm auch.

Mark an mich > Na ja, wir wollten mal die Golfausrüstung ausprobieren.<

Da meldete sich meine Trink-App, > sie müssen mehr trinken.<

Ich drückte sie weg.

Christine, >Also echt jetzt wenn das so weiter geht muss ich dir die Freundschaft kündigen.<

Ulrike >Das war mir klar. Also ich stehe hinter Martin, der ist doch ein klasse Kerl und nur weil er Schwul ist, ist er ja nicht anders.<

Ich an Ulrike >Denk ich auch.<

Sabine an mich >Hallo Urlauberin. Ich wollte dir nur kurz sagen, dass ich nicht die bin, die diesen Mist von dir und Martin in die Welt gesetzt hat.<

Woher hat die meine Nummer?

Ich an Mark >Welche Golfausrüstung?<

Martin an mich. >Ja, aber auch andere denken, dass sie es war.<

Ich an Sabine >Du, ich bin schon informiert. Doch was soll der Scheiß?<

Ich an Christine. >Weißt du was? Du nervst, nimm Hormone gegen deine Gefühlsschwankungen und dann reden wir weiter.<

Mark an mich >Die hat Opa gewonnen und mir geschenkt, ist eine Profi Golfausrüstung.<

Ich SMS an meine Mutter. >Was hat Papa Mark geschenkt? Der spinnt doch und wer soll das Golfen bezahlen? Oder glaubt er das wäre ein Spiel für die Wohnung?<

Ich an Martin >Was andere Denken ist mir egal.<

Herr Mayer an mich >Guten Tag Frau Gunterman. Vielleicht haben sie ja schon gehört was hier über sie und Herrn Schleifer erzählt wird. Ich möchte ihnen sagen, dass mir die Sache ganz schön peinlich ist und ich nichts über das Geschwätz halte. Schönen Urlaub noch.<

Woher hatte mein Chef jetzt meine Smartphone-Nummer?

Aber nett war es schon, dass er sich gemeldet hat. Darum schrieb ich gleich zurück. >Ja ich habe davon gehört und Danke. Schönen Abend noch.<

Martin an mich. >Deshalb schätze ich dich auch so.<

Meine Yoga-App klingelte an und forderte mich auf mal wieder Übungen zu machen.

Ich drückte sie weg.

Meine Mutter per SMS. >Na hör mal, das war doch ein nett gemeintes Geschenk und teuer ist das auch.<

Ulrike an mich >Aber du musst schon zugeben, wenn er nicht schwul wäre, wäre es was für dich.< Wie jetzt, meinte die es Ernst?

Ich an Martin >Du Ulrike fände uns als Pärchen nett, kann nicht auch sie das gewesen sein? Und Hr. Mayer hat sich gerade gemeldet.<

Ich an meine Mutter per SMS. >Na dann verkaufen wir es. Mark bräuchte neue Fußballschuhe.<

Ich an Mark. >Setze die Ausrüstung bei eBay rein und kauf dir für den Erlös neue Fußballschuhe.<

Meine Trink-App meldete sich: >Ausreichend trinken verjüngert.< rums weggedrückt.

Wenn das so weiterging half auch kein Trinken mehr. Ich vermutete schon mindestens zehn neue graue Haare, oder sogar Hundert?

Christine an mich. >Ein Zunge rausstreckender Smiley.<

Ich an Ulrike. >Sag mal. Du hast doch nicht etwa……..<

Sabine an mich. >Ja als Scheiße sehe ich das auch. Weißt du mein Bruder ist Schwul und wenn so über Schwule hergezogen wird wie gerade über Martin, dann greift das auch meinen Bruder an.<

Ups, so was hätte ich ja jetzt nicht gedacht.

Mark an mich. >Warum denn. Golfspielen ist doch echt cool.<

Wie jetzt? Mein Sohn fand Golfen cool?

In welchem Film befand ich mich denn jetzt. In „Mark der coole Golfer"?

Langsam wurden meine Finger taub und ich konnte kaum noch was erkennen. Außerdem war ich total dehydriert, wie meine Trink-App mir bestätigen konnte.

Da kam meine Yoga-App wieder ins Spiel.
>Ein Sonnengruß würde ihnen jetzt sicherlich gut tun.<
Da schrillte mein Smartphone. Endlich mal jemand der mit mir reden wollte und dann war es noch Bernd, Gott sei Dank.
„Hi Schatz, endlich rufst du an."
Ich stöhnte ganz laut dabei.
„Was ist dir denn passiert?" fragte er besorgt.
„Ich weiß nicht wo ich anfangen soll",
und dann begann ich.
Zuerst erzählte ich von meinem Tag, von dem Unwetter und der Dame im Supermarkt und dann von den WhatsApp Überfällen und SMS-Schockern.
Als ich geendet hatte konnte Bernd nicht mehr, er brach in ein schallendes Gelächter aus.
„Schatz, Schatz hallo hör mir gut zu, alles halb so wild. Dass du nicht Bi bist das weiß ich. Von Martin vermute ich es mal ganz stark. Mit Mark werde ich reden. Glaub mir wenn ich ihm im Internet gezeigt habe was man beim Golf so anzieht, dann findet er es nicht mehr cool. Mit deiner Mutter werden wir das auch schon regeln. Und dann zu Christine, ich habe mit ihrem Anton geredet, da ist alles im Lot. Warum er so geheimnisvoll macht liegt daran, dass sie ja bald fünfzig wird und er eine Überraschungsparty plant und zum anderen eine Ballonfahrt als Geschenk organisiert. Dir soll ich Entschuldigung sagen, dass er dich nicht eingeweiht hat, aber er hatte Angst du könntest es verderben.
Und Mark kann mit seinem Freund gerne auf meinem Platz am See zelten, ich sage es ihm gleich selber."
Oh man, das waren viele Infos auf einmal und jetzt fing ich an zu lachen.

Einmal weil es so lustig war und zum anderen aus Erleichterung.

„Und noch was, mache bitte dein Smartphone aus. Du hast nur noch den morgigen Tag auf der Insel und den sollst du genießen. Ich weiß dass du an mich denkst und nicht mehr lange, dann sind wir wieder zusammen und dann, das kannst du mir glauben, lass ich dich nie mehr alleine fort." Ich versprach es hoch und heilig, nachdem wir noch einige Versprechen und Liebkosungen hin und her gesagt hatten legte ich auf.

Mein Smartphone aber machte wie doll.

Da waren WhatsApps von allen und das mittlerweile in Massen, auch eine SMS meiner Mutter war dabei und dann die ganzen anderen Apps.

Neben der Trink-App, der Yoga–App, hatte sich auch meine Abnehm-App dazu geschaltet.

Ich konnte einfach nicht mehr, also stand ich von dem Felsen auf, auf dem ich saß, schaute die Klippe runter, die sich unter mir auftat, holte aus und warf das verdammte Smartphone in hohem Bogen hinunter.

Es fiel nicht gleich ins Wasser, nein es zerschellte an den Klippen und mit jedem Dong das es machte, fielen die Apps wie Steine von meiner Seele.

Die WhatsApp, die Yoga-App, die Trink-App, die Mallorca-App, die Navi-App, die Sport-App, die Sparkassen-App, die Einkauf-App und irgendwann nahm das Meer mein Smartphone in seine Tiefen auf.

Ich stand oben auf der Klippe und machte bei Sonnenuntergang einen Sonnengruß und das ganz ohne App.

24. Ende,
oder *Ende gut alles gut*

Für alle die, die sich jetzt Sorgen machen wie ich denn nach Hause gekommen bin, da ja meine Flugbuchung im Smartphone war:

Keine Sorge, mit Hilfe von Bernd und der netten Rezeptionistin im Hotel ging alles glatt.

Den letzten Urlaubstag genoss ich dann auch in vollen Zügen, ganz ohne Apps und Simsen. Ein paar Fotos machte ich dann doch noch, doch ausschließlich mit der Digitalkamera.

Und da ich ja fleißig Bilder über WhatsApp geteilt hatte, waren auch diese nicht ganz verloren.

Mit Bernd bin ich nicht nur zusammen, nein wir sind mittlerweile auch verheiratet und unsere Hochzeitsreise haben wir, ganz ohne Smartphones, nach Mallorca gemacht.

Genau in das Hotel in dem ich auch war.

Mark ist begeistert von seinem neuen Vater und Golf spielt er nicht. Er hat die Ausrüstung tatsächlich verkauft. Leider hat er sich nicht wie von mir vorgeschlagen neue Fußballschuhe davon gekauft, nein es musste eine E-Gitarre her.

Zum Glück hat Bernd, neben dem Grundstück am See auch ein eigenes Haus und in dem hat Mark nun einen schalldichten Kellerraum zum Proben.

Meine Eltern haben letztens unbedingt eine Raftingtour machen müssen. Zum Glück konnten sie dabei keine Selfis machen.

Mit Christine ist auch wieder alles in Ordnung.

Ihr fünfzigster Geburtstag war ein voller Erfolg und sie schob ihr Ausrasten darauf zurück, dass sie in den Wechseljahren war.

Ach, und wenn ihr euch fragt wie es bei mir nun mit Smartphones aussieht: gleich nach meiner Ankunft aus Mallorca schenkte mir Bernd ein altes von ihm.

Zuerst brauchte ich es ausschließlich zum Telefonieren und ich weigerte mich wieder Internet anzumachen.

Mittlerweile benutze ich einige Dienste wieder, doch ich verzichte auf zu viele Apps und lass mir vor allem keine mehr unterjubeln.

Yoga mach ich in einer Gruppe, Walken gehe ich hin und wieder noch mit Christine, das reicht mir an Sport.

Ich will das Smartphone und die Möglichkeiten, die es mit sich bringt, nicht verteufeln, doch manchmal kann es schon anstrengend sein, so ein Leben mit Smartphone und den Apps.

Nachtrag!

Ich hätte diesem Buch noch unzählige Apps hinzufügen können, genauso wie Begebenheiten mit dem Smartphone.
Egal wo man hinschaut, immer ist man davon umgeben. Manchmal ist es lustig und manchmal nervig, doch wegzudenken sind sie nicht mehr.